青蓝绿梓书系

精品阅读

生态秦岭动物趣

SHENGTAI QINLING DONGWUQU

白忠德◎著

西安出版社

图书在版编目（CIP）数据

生态秦岭动物趣：白忠德秦岭动物生态美文集 /白忠德著. — 西安：西安出版社，2021.6（2022.6重印）

ISBN 978-7-5541-5524-0

Ⅰ.①生... Ⅱ.①白... Ⅲ.①散文集—中国—当代 Ⅳ.①I267

中国版本图书馆CIP数据核字（2021）第113050号

生态秦岭动物趣

著 作 者：	白忠德
出 版 人：	屈炳耀
责任编辑：	李亚利
出版发行：	西安出版社
社　　址：	西安市曲江新区雁南五路1868号曲江影视大厦11层
电　　话：	（029）85233741
邮政编码：	710061
印　　刷：	三河市嵩川印刷有限公司
开　　本：	787mm×1092mm　　1/16
印　　张：	17.25
字　　数：	200千
版　　次：	2021年6月第1版
	2022年6月第2次印刷
书　　号：	ISBN 978-7-5541-5524-0
定　　价：	58.00元

△ 本书如有缺页、误装，请寄回另换。

序言

秦岭的动物朋友

秦岭受到的关注前所未有了，可我更在意它的生物学意义。

一条龙，在华夏大地中部蜿蜒腾跃，尾巴摆在甘肃，穿越陕西、四川，一路向东，把龙头搭在河南、湖北。这是条巨龙，长一千六百多千米，承运了华夏文明，隔开了南方和北方、长江与黄河，区别了自然、地理、气候，腾跃出多样的生态、生物、文化。这条巨龙就是秦岭，最伟岸、最神奇、最灵性、最中国，被誉为中华民族的父亲山、中国的脊梁、中华民族的祖脉、中央水塔，是中华文化的重要象征，是一座读不尽的山，是人与自然和谐共生的典范。其与欧洲阿尔卑斯山、美洲落基山并肩。

秦岭是中国地理的自然标识，是我国南北地理、气候的分界线，也是植物区系的南北交汇地，为动物地理上东洋界和古北界过渡带。秦岭以南属亚热带气候，自然条件为南方型；以北属暖温带气候，自然条件为北方型，带来南北农业生产特点的显著差异。长期以来，人们把秦岭看作是中国"南方"和"北方"的地理分界线。2007年，陕西颁布《陕西省秦岭生态环境保护条例》，开全国之先河，为一座山脉的生态保护立法。

特殊的地理位置和自然环境，孕育了秦岭丰富而独特的野生动植物资源。目前，秦岭已发现种子植物3800余种，国家重点保护植物17种；脊椎动物800余种，国家重点保护野生动物85种，被誉为"生物基因库"。

老实说，我生在秦岭深处，长在秦岭深处，但对秦岭的体认却长期停留在书本，抽象而虚幻；要说真正对它的感知，实则来自我的动物朋友们，鲜活而灵动。

青蛙、野鸡、锦鸡、杜鹃、竹鸡、画眉、斑鸠，是我小时常见的，听着它们的歌声，看着它们嬉戏，我就像一棵小树不知不觉长大了。

夏夜，秧田里传来一阵阵高高低低、或急骤或舒缓的蛙鸣，我早已习以为常，但那夜半大公鸡的一声啼鸣，竟使我莫名振奋。我在山上放牛时经常被野鸡吓一跳，走过丛林或灌丛时，它会突然从里面扑腾腾飞出来，边飞边发出"咯咯咯"的叫声和两翅"扑扑扑"的鼓动声。野鸡比家鸡略小，尾巴却长得多，雄鸟羽色华丽，善于奔跑藏匿。野鸡，现在是被冤枉了，可我们那里依然这么称呼，几乎没谁知道它那很好听的学名——环颈雉。那时锦鸡多得很，对面山坡松林里，到处活跃着它们灵巧的身影，雄鸡羽毛是艳红伴着金黄，夹在一群麻褐色的雌鸡中间格外显眼。

我们那里把杜鹃鸟称为"阳雀"，"贵——贵阳""贵——贵阳"，能不知倦怠地叫个通宵，常常把我听得心里发酸，生出些薄薄的凄凉。

"竹半斤，毛四两"，意思是说竹鸡重半斤，毛老鼠（松鼠的俗称）有四两重。竹鸡有多重，我没有实测称量验证过，可我知道它的个头要比家鸡小，常年生活在竹林和灌木丛，麻褐色饰着红色斑点，没有野鸡胆大，远远地看见了人，就急忙躲起来。我是惊讶于它们的鸣叫，何以能预知天气的变化。竹鸡似乎喜欢沉默，一旦"天作怪""天作怪"地叫起来，第二天肯定变天下雨。

兔子、麂子、野猪，就在我家周围山上活动，还时常窜到地里吃庄稼。雄野猪最是胆大，竟然偷偷溜进村子，与家养母猪"偷情"，让母猪生出些长相丑陋却不染瘟病的小家伙。早先主人还惊异，没有给母猪配种，怎么能下仔呢？有见识的老者就说，那是野公猪干的"好事"。

后来，我在佛坪的光头山、药子梁、大古坪见识了"秦岭四宝"，便惊叹于大熊猫的绵里藏针、金丝猴的精灵敏锐、羚牛的刚健持重、朱鹮的矫捷高贵。它们的存在，是一首首传承历史、延续自然的诗歌，让我诵读，沉醉其间。

它们齐聚秦岭，2011年先是亮相西安世界园艺博览会，入住世园会四宝馆，攒足了眼球；10年后，更将在古城西安举办的第十四届全运会上大放异彩。全运会吉祥物以朱鹮、大熊猫、羚牛、金丝猴为创意原型。你看"朱朱"，手举火炬，展翅飞跑；"熊熊"，张开双臂，热情奔放；"羚羚"，健壮憨萌，阔步向前；"金金"，聪明智慧，灵动可爱。每一个陕西人，看到这样的喜讯，能不感到自豪吗？

论影响和知名度，大熊猫绝对是"秦岭四宝"里的老大，它是"世界公民"，而朱鹮只是中、日、韩、俄罗斯等国家的"地区公民"，没法与大熊猫相比，但它是四大家族里秦岭陕西地区所独有的，而那"三宝"在我国其他地区甚至国外都有户籍。这就不难理解，将"秦岭四宝"作为吉祥物设计时，要让朱鹮排在首位领跑了。

还是在秦岭这片高山密林里，我见到了鬣羚、斑羚、林麝、刺猬、秃鹫、金雕，以及各种色彩丰富、或呆笨或聪慧的雉鸡……

大学毕业后，我在古城一所高校谋生，还能经常见识麻雀、鸽子，春夏季节有一些候鸟，远远地也能听到"咕咕——"的鸣叫。西安是一座历史悠久的国际化大都市，人众车多，喧嚣热闹，近些年却重视植树造绿，引来这些可爱的曾一度消失的鸟儿，便觉得自己很幸运。

动物是我的邻居和朋友，曾经与我朝夕相处，而今和我同居一城，是我生命中的一份子。然而，我对这些朋友又了解多少呢？

人类和所有生物共同享有这个星球，曾经相依相存，共同面对大自然的残酷考验和挑战。然而，不承想有一天人类的技能大大超出一切其他生物，占据绝对优势，动物成了被支配、被掠夺的对象，它们的生存及其命运就不再是自己的事情，更取决于我们人类的态度和行动。我们曾疯狂捕杀动物，满足自己不断膨胀的欲望；我们也曾大规模开荒种地、建房修路，把动物逼到狭窄、偏僻、荒寒的地方。这些年，我经常看一些动物类节目，目睹着动物世界的血腥残忍，然而它们的残杀和劫掠仅仅以吃饱为准，绝不滥杀和无谓占有，倒是我们人类强大到疯狂的地步，能制造一切，从流言蜚语到试管婴儿，甚至将来可能会面世的克隆人……

我经常深入秦岭，也曾遭遇过羚牛、黑熊、野猪这些凶猛的动物，往往有惊无险。我的经历告诉自己：动物，并不可怕，只要你熟悉它，尊重它，敬畏它，它就同你亲近友好，作出牺牲，为你奉献。

我经常自嘲自己是个吃动物饭的。从 2003 年开始，我将创作的目光投向秦岭，书写我眼里心里的动物朋友，以一颗平等真诚之心，与它们交流谈心，倾听记录它们的前世今生、喜怒哀乐。

从 2003 年开始瞩目秦岭动物朋友，一晃 18 年过去了，我还在一点一点地走近它们。这个过程，也许要一辈子，也许永远无法兑现。只好先留下些印迹，唯愿为我们，为秦岭的动物朋友，珍藏一段甘苦同当的坎坷岁月。

这个星球不独有人类，还有它们。它们也是主人，享有同等的欢乐和悲伤。

— 目录

序　言　　秦岭的动物朋友—1

上篇　秦岭四宝生态乐园

朱鹮矫捷高贵，大熊猫绵里藏针，羚牛刚健持重，金丝猴精灵敏锐。它们的存在，是一首首传承历史、延续自然的诗歌。

第一辑　秦岭仙境朱鹮家

　　传说朱鹮是天宫的圣鸟、瑶池的仙女、菩萨的吉祥使者，象征着幸福，象征着吉祥，象征着善良，象征着如意，被人们誉为"吉祥之鸟"。朱鹮飞翔在阳光下，透着淡红色的光芒，恰似秦岭青山绿水间的一颗"红宝石"，素有鸟中"东方宝石"之称。

鸟中大熊猫—4

华阳相会见朱鹮—8

鸟类君子—12

大古坪朱鹮天使—16

情爱之路非寻常—20

育儿经—23

人蛇大战朱鹮殇—27

自知之明—31

第二辑 大秦岭熊猫世界

美国著名野生动物学家、《最后的熊猫》作者夏勒教授感叹道："体格肥硕似熊，却独具创作的天分、艺术的完美，仿佛专门为这项崇高的目标而演化成这样一个模特。圆圆的扁脸，大大的黑眼圈，圆滚滚逗人想抱的外形，赋予熊猫一种天真孩子气的特质，赢得所有人的怜爱，令人想要拥抱它，保护它，而且它又很罕见。更何况幸存者往往比受害者更能打动人心。这些特质造成了一个集神奇与现实于一身的物种，一个日常生活中的神兽。"

"活化石"出没— 35
大话熊猫— 39
"世界公民"大熊猫— 42
幸福的代价— 46
父子，兄弟？— 50
秦岭亚种 PK 四川亚种— 54
保"族丁"是大事— 57
秦岭大熊猫的家事— 63
个性使然— 66
大秦岭"擂台赛"— 71
熊猫爱情— 75
母系种群，熊猫情真— 78
熊猫教子— 81
"游泳健将"困河中— 84
国宝叩门，求医问药— 87

吃竹子的食肉动物——90

竹林隐士"大胃王"——93

物竞天择之道——96

熊猫食竹之谜——98

超级萌宝——101

树上的"浪漫"——104

熊猫宝宝成长记——107

熊猫醉水卷煎饼——111

学走平衡木——115

第三辑　秦岭深处羚牛村

　　如同刀劈过的峭壁，裸露出黑灰色的岩壁，苍绿绿的小树紧紧攀附于陡峭的岩壁，大片大片覆盖着山体。羚牛们似乎与山坡平行，紧紧地贴着，两两三三忙着进餐，像朵朵白云点缀于石壁。

六不像— 119

羚牛冲过来了— 122

羚牛与人的际遇— 126

话说夜半敲门客— 131

羚牛村— 136

集群式生活— 140

为"爱"决斗— 143

光顾老县城— 146

送羚牛回家— 149

第四辑　秦岭金丝猴乐园

　　果然,是金丝猴的别称。李时珍《本草纲目》记述:"果然,仁兽也。出西南诸山中。居树上,状如猿,白面黑颊,多髯而毛采斑斓。尾长于身,其末有歧,雨则以歧塞鼻也。喜群行,老者前,少者后。食相让,居相爱,生相聚,死相赴……"猴子是与人类基因最为接近的动物,小猴子的叛逆期来得格外早,猴小宝半个月大的时候就想挣脱妈妈的怀抱"闯天下"。

洛克安娜金丝猴—155
团结友爱—158
猴子王国—162
光棍猴"同性恋"—165
舍身护子,母子情深—168
猴群抢仔—171

"贵客"串门—174
空中飞猴—177
哥儿们,我来自拍哈—180
叩访金丝猴—184
夜探猴寨—188
秦岭喂猴人—190

下篇　秦岭邻居伴生动物

　　秦岭野生动物亦敌亦友，毗邻而居，相生相伴，俯瞰秦岭的风物与情怀、大美与神韵，彰显人类对动植物的热爱，对生命的尊重，与自然的和解，倡导生态文明，追求人与自然和谐相伴的美好愿景。

秦岭听鸟——197
人鸟情——201
秦岭寻踪——204
黑熊把人逼上树——208
"霸王"野猪——212
"呆鸡"有爱——216
救助金雕——219
金鸡求援——223
血雉之爱——227
箭猪之箭——231
蚂蚱挡蚁道——235
蚂蚁搬家——238
"哨兵犬"——241

附录：白忠德生态散文入选教辅阅读篇目

放生竹溜—247

敬畏太白山—250

山间春色—254/257

感谢佛坪，感恩秦岭（代后记）—260

上篇
秦岭四宝生态乐园

"秦岭四宝"（朱鹮、大熊猫、羚牛、金丝猴），2011年曾亮相西安世界园艺博览会，入住世园会四宝馆，攒足了眼球;10年后，它们再度集体化身吉祥物形象代言，将在古城西安举办的第十四届全运会上大放异彩。全运会吉祥物设计方案以它们为创意原型，你看"朱朱"，手举火炬，展翅飞跑;"熊熊"，张开双臂，热情奔放;"羚羚"，健壮憨萌，阔步向前;"金金"，聪明智慧，灵动可爱。

　　　　朱鹮矫捷高贵
　　　　大熊猫绵里藏针
　　　　羚牛刚健持重
　　　　金丝猴精灵敏锐
　　　　它们的存在
　　　　是一首首传承历史、延续自然的诗歌

第一辑
秦岭仙境朱鹮家

　　传说朱鹮是天宫的圣鸟、瑶池的仙女、菩萨的吉祥使者,象征着幸福,象征着吉祥,象征着善良,象征着如意,被人们誉为"吉祥之鸟"。朱鹮飞翔在阳光下,透着淡红色的光芒,恰似秦岭青山绿水间的一颗"红宝石",素有鸟中"东方宝石"之称。

中国工笔画珍禽"汉江守望者"

(一墨秦岭散人　绘)

鸟中大熊猫

辛丑年春晚的大型舞蹈《朱鹮》，惊艳了电视屏幕前的观众，再次带火了"东亚居民"朱鹮。

"鸟中大熊猫""东方瑰宝"，这两顶光鲜的帽子戴在朱鹮头上，可谓般配极了。它们虽是中、日、韩区域性居民，但与熊猫这个全球公民相比，似乎也不落伍，上了国庆70华诞的彩车，当了第十四届全运会"吉祥四宝"的领队，其命运也。

朱鹮属鹳形目鹮科，诞生于始新世，有6000万年历史，绝对是古老鸟仙了。它们的居住范围很广，除过南极洲，各大洲都有其飘逸飞翔的身影。种类多达26种，最珍贵的要数朱鹮和黑脸琵鹭，最鲜亮的当属闪着红色光泽的美洲红鹮。鹮类喜欢群居生活，讲排场，像美洲白鹮几千只聚在一起，飞跃时遮天蔽日，好似群鸦鼓噪，又如雷声轰鸣，那真是壮观之极。

朱鹮却没那个阵仗，一则族丁不旺，二则内敛不张扬。它们不好热闹，不扎堆，时常单独或成对或呈小群活动，极少与别的鸟合群。行动时，步履迟缓；飞行时，两翅鼓动亦较慢，头、颈向前伸直，两脚伸向后，但不突出于尾外。白天活动觅食，晚上歇于大树，尽力做到不显山不露水。

它们性格温顺,神情优雅,体态端庄,行事磊落。与喜鹊搭伴做了"吉祥之鸟",受到东亚人民的崇敬和礼赞,曾广泛分布于东亚各地。"朱鹭不吞鲤。"朱鹭,即为朱鹮。此乃成书于春秋时期的《禽经》所载,可见古人早早地认识了朱鹮。

朱鹮暮归　　　　　　　　　　　　　　　　　　　　(王维果　摄)

这个被民间称为"红鹤"的鸟儿,一袭嫩白,点染几点丹朱,柔若无骨,清丽曼妙,生就仙风神韵。头顶一抹丹红,两颊、腿、爪朱红色;喙细长而末端下弯,黑褐色,尖头竟为红色;翅膀像是白面红里的被子,翅上羽毛红色,翅下粉红色;腿是红得惹眼,细细长长的,像个竹棍棍。它们优雅地散步,优雅地飞翔,优雅地聊天,优雅地休憩,它们的一切,都是优雅的。

20世纪前半叶,朱鹮还广泛分布于苏联、朝鲜、日本和中国东部,后来种群数量急剧下降,至20世纪70年代野外已无踪影,神鸟突然消失了。它们真的就永远别离了这个世界？

中国科学家们不甘心，不言放弃，相信朱鹮生命的坚韧，期盼奇迹的出现。从1978年起，中国科学院动物研究所鸟类学家们组成考察队，实地勘查了东北、华北和西北地区，跨越9省区，行程5万多千米。也许是人们寻找的艰辛，感动了上天，上帝把仅剩的7只朱鹮送还给了我们。1981年5月23日，鸟类专家刘荫增在陕西省洋县八里关乡大店村姚家沟的山林发现了两个朱鹮营巢地，有7只朱鹮，其中4只成鹮，3只幼鹮。我国一下子成为世界上唯一分布着朱鹮野外种群的国家，引起全球生物界瞩目。7只小生命，能否撑起种群复壮的重任？

人们把担心、焦虑，更把期冀投向秦岭南坡汉水流过的这片土地。朱鹮的消失，缘于环境污染和人类活动。找到了病因，药方也就开出来了。"像对待大熊猫一样保护朱鹮！"政府采取最严格的物种保护和生态

朱鹮嬉水　　　　　　　　　　　　　　　　　　（蔡琼　摄）

修复措施，当地居民把朱鹮当亲人朋友，上下一起努力，终于把朱鹮从濒危的境地拽了回来。生活环境舒心了，家庭成员扩大了，它们飞得更远了，叫得更欢了。

朱鹮野外种群的扩大，为人工饲养和野化放飞夯实了基础，先前一些已绝迹的地方，又重新闪显着朱鹮靓丽的身姿。其栖息地跨过秦岭，从长江流域扩大到黄河流域，从东洋界延伸至古北界，生活在以陕西洋县为中心向四周辐射到河南、浙江、四川、北京、上海、河北、广东等地区，以及日本、韩国等国家，总数超过5000只，其中野生种群2600余只，中国境内4400只，陕西境内4100只，日本582只，韩国380只。这都是7只小生命的后代，多么了不起呀！朱鹮受危等级由极危降为濒危，40年的艰辛付出，谱写出一段世界濒危物种成功保护的传奇。

华阳相会见朱鹮

华阳最多的鸟儿肯定是朱鹮了。它们从古镇上空飞过，从这棵树飞到那一棵，落在水边，叼些鱼儿填饱肚子，整理羽毛，打扮自己，很快就要处对象了。

秦岭里的春最是热闹，树呀草呀的笑得发了芽，开了花。洋县坝子的油菜花一片金黄灿烂，这里的刚刚抽薹，把嘴抿得紧紧的。沟渠边一棵玉兰刚刚睡醒，就敞开了胸，忙着给衣服点缀紫中带白的饰物。玉兰的花，玉玉的，紫紫的，有点含羞的微笑。只有山茱萸最早欢迎春姑娘，小脸儿涂抹上金黄，伸着小手欢呼。

山茱萸是春的使者，最早捎来春的问候，鼓起花苞，绽开花骨朵，金黄金黄的，笑得收不拢嘴。山茱萸在这里最为素常，房前屋后到处便是，朴素又雅静，牢牢揪住人们的目光。它绽放早，花期长，除过花，红玛瑙似的果子更好看，被誉为"红衣仙子"，滋阴补肾，益气养虚。人们会摘下来晾干卖钱。

我们那里把山茱萸唤作枣皮，花黄黄的、淡淡的，没有樱桃花浓烈，也没那股药香，可它是味药。千百年来，茱萸花静静地绽放，寂寞地凋零。人们享受着鲜丽的果实，却忽略了淡雅的花。然而，没有花儿的素朴，便没有果实的丰盈。

山茱萸花开　　　　　　　　　　　　　（赵建强　摄）

"今年喜庆得很，鹮鹮又在我家旁边的树上趴窝了，也不知能抱窝几个仔仔……"

"前两天后晌，正在院坝晒暖暖，突然听得朱鹮的叫声不对，抬头一望，妈呀，空里一只鹞子在欺负鹮鹮呢，眼看撵上了，我和老伴紧打紧吆喝，才把那死鬼吓跑了。稀乎把鹮鹮累日踏咧，扑棱棱到对过那棵树上，半天没动弹……"

"昨儿听说，邻村一个老汉放牛时看见一只大鸟，正在路边水沟扑腾，一个翅膀耷拉着，上面血糊糊的。老汉就把它抱上来，放在路边，可巧村长骑着摩托嘟嘟嘟过来，见到这个红白色大鸟，慌忙刹住车，冲到老汉跟前，黑着个脸，声音大得能吃人：'老汉，你想坐牢吗？咋敢把朱鹮打了！'老汉胆子小，平时就怕村长，这下脸灰塌塌的，前言不搭后语地解说了一番。村长就掏出手机，拨了个号，'喂喂'了一阵。

不到一顿饭工夫，就来了几个人，说是朱鹮局的，把朱鹮接走了，还给了老汉100元，说是啥信息费。老汉高兴地呵呵笑，把牛牵回家，就去商店买了条烟，逢人便夸口：'这鹮鹮到处都是嘛，保不准明儿还能再弄100元……'"

我是坐班车到的华阳，一路上听他们拉话，内容大多是关于朱鹮的。"人说，三句话不离本行。对于洋县人却是三句话不离朱鹮哩……"我这么想着，自己倒笑了。

洋县人对朱鹮的熟悉与关注，是远超大熊猫的。这原因很简单，朱鹮数量多呀，天上飞着，树上歇着，水田河溪觅着食，房前屋后散着步。人们日日看朱鹮，朱鹮天天见人们，彼此处成了邻居和朋友。

人与朱鹮和谐 （王维果 摄）

自古以来朱鹮被视作神鸟、吉祥物，一直受到人们的喜爱。加之，当地政府宣传力度很大，大人娃娃都晓得保护朱鹮有赏，猎杀朱鹮坐牢。反观大熊猫势单力孤，还生活在深山老林，那些地方被划为保护区，除科研人员外，一般不允许人进入，所以绝大部分人晤面熊猫，是在荧屏、视频里。

住在华阳一家酒店，偶然听两个服务员唠嗑，说是前几天华阳初中两个娃救助了一只受伤的朱鹮，还受到了奖励。看她们打扫完卫生，逮着个机会，我便问那位年纪大点的服务员。她说，那天下午放学后，初中七年级两名学生开始打扫操场，突然听到"砰"的一声，循声抬头望去，见一只朱鹮躺在20米远处的院墙根下，扑扇着翅膀，"嘎嘎"尖叫。他俩跑上前仔细一瞧，发现朱鹮眼睛下面有鲜血渗出，就赶紧给校长说了。校长急忙打电话联系，保护区3名工作人员赶来，仔细察看了朱鹮的受伤情况，把它装进纸箱带走去治疗，因为伤并不重，很快也就好了。后来，保护区把这俩娃表扬了，给了个保护朱鹮优秀标兵的红证书。

"你咋记得这么清？"我随口问道。

"谁不关心朱鹮，那里边一个娃就是我家二小子……"

山坡上矗立着一个个铁柱，上面罩着的大网，那是朱鹮园——30多只朱鹮被"囚禁"的地方。大网外是一个自由世界，朱鹮、喜雀、白鹤们享受着生命中的幸运和欢畅，它们想飞多高就飞多高，只要它们的翅膀能够抵达，没人管的；他们想飞多远，就飞多远，只要它们的翅膀有那么大的劲道，没人在意的。这就苦了园子里的朱鹮们，它们飞得稍高一点，或稍远一点，就撞上了网，尽管网是柔软的，却也是无情的。可以向往蓝天，但欢乐只在这张大网内，它们只好飞得收敛一点，尽量小心，不去触碰那伤心无情的网。它们"啊——啊——"的叫声就有了点无奈和苍凉，缺了大网外边兄弟姐妹的率性与雄浑。

想起头天下午参观时，见这园里有一只喜鹊在忙活，一会儿飞向东，一会儿折向南，却是独独的身形。它可能是自投罗网的，吃喝无忧了，却也失去了好多，比如没法子谈恋爱，只有打一辈子光棍，最后老死在里边……我心头便泛起一阵凄凉，像是傍晚时分的烟霭。

鸟 类 君 子

初春的秦岭，似乎依然沉浸在冬日的安宁之中不得苏醒，人们所能直接感受到的是：初春光如注，山川犹照影。极目远望，山桃花在悬崖，在坡边，在地头，一枝两枝地开，三朵四朵地放，是粉粉的白，为枯黄的冬衣点缀些白斑。它懂得谦虚，知道自己的果实又小又涩，没法与山茱萸比，就使劲在早春欢笑，扯着春姑娘的衣袖不放。

野樱桃花凑起了热闹，它比山桃树个头高，也冒过好些树，就把白白的花儿招摇在山林。人们好远就能看见那一蓬蓬花房，想着小拇指头大的果儿，黄亮亮的，口水便流出来了。蜜蜂远远地闻到了花香，飞出房子，穿着单衫子，顾不得微寒的风，忙忙碌碌地，享受起劳作的欢快。

朱鹮白天独自或成小群散步、觅食、休憩，很少嚷嚷，静静地干自己的事儿，一副自得其乐的模样。夜宿时，头颈转向背面，以喙插入羽毛；或缩脖垂头，喙靠于胸前。它们瞌睡少，睡觉时不忘理毛亲昵，自己理毛，还互相理。一只走近另一只，以喙碰击，发出低鸣，后者迅速呼应。若是一方抬头仰喙，另一方必以喙碰触其颌、头部羽毛。稍后，理毛者变做了享受者。

朱鹮靓姿　　　　　　　　　　　　　　　　　　　　　　　（吴康　摄）

大熊猫、金丝猴、羚牛为爱情打斗，搞得乌烟瘴气，你死我活的。朱鹮的做派就文明多了，恋爱阶段都可自由选择，结婚之后才彼此守约，终生相伴。

雄鸟白金，遇见同龄雌鸟蓝儿，互相动了情，出入成双，偶有拟交现象，看似好得不得了，似乎已私订终身。谁知，它俩的爱情之船，遇上了风浪，被掀翻了。仅仅持续了一年的美好姻缘，就让一只雌性红儿搅黄了，便无情地终结了。红儿小它俩一岁，靓丽大方，活泼开朗，一下子就把白金俘虏了。蓝儿尝到了落寞、孤寂的味道，可它不死心，与白金纠缠，和红儿拌嘴，使尽了招数，也换不来白金的回心转意。蓝儿绝了望，发誓不在一棵树上吊死，最后狠狠地瞪了"负心汉"几眼，煽动着翅膀，扑棱棱别离远去。

常言道："江山易改，秉性难移。"性格哪能轻易改掉，蓝儿承领了"冷美人"这个标签。它的痛苦悲伤，犹如退潮的沙滩，很快就恢复得平展展了。"蓝儿"依然走自己的路，却随时留意着身边的异性。俗话说得好，萝卜白菜各有所爱。它很快便与黑子处了男女朋友，黑子大了三岁，成熟稳重，不像白金轻浮，又能知疼知热。蓝儿很满意，便欢喜地接受了黑子，接受了另一段明媚的爱情。

动物们的领地争夺战，一般都很残酷，朱鹮却是个例外，往往是点到为止。鸟儿们都想找个适宜的树杈栖息，可这样的空间资源有限，朱鹮间也免不了发生械斗，包括喙击、打嘴。打嘴争斗时，两只朱鹮相向而立，喙部交叉，头部左右剧烈晃动，以喙互击，伴着连续而急剧的鸣叫。失败者低头梳理冠羽，跳跃着让出彼此争夺的树杈，或飞走，离开是非之地。胜利者也不欢呼，更不追赶，而是很平静地享受胜利的成果。

交换爱情信物　　　　　　　　　　　　　　（段文斌　摄）

历史名人司马迁和韩信都能忍，忍得大苦大难，终成一番大业。朱鹮是动物界的韩信、司马迁，也特别能忍，忍受了山雀、乌鸦、穴鸟的欺负。穴鸟常将自己的家室安置于朱鹮的巢穴附近，甚至就在同一棵树上。每当朱鹮觅食时，穴鸟就尾随在朱鹮身后，追捕那些受到惊吓而落荒逃逸的小动物，甚至直接从朱鹮嘴下抢夺食物。山雀个子虽小小的，却是又可恶，又嚣张，就像是螃蟹横着走，往往还追逐、驱赶大块头的朱鹮。

"看谁飞得远！"　　　　　　　　　　　　　　　（蔡琼　摄）

朱鹮，善良温顺，团结友爱，喜幽静，不张扬，在大自然中确实活成了鸟中君子，看来自有它们的一套处世哲学。不过这世间奉行"和平主义"，有时也是行不通的，因此我们虽不惹事，但也不能怕事啊。

大古坪朱鹮天使

谁也没想到，会在大古坪见识朱鹮，可把我们高兴坏了。

我们到大古坪的时候，已是傍晚，太阳落山前点起一把火，燃烧了西边的天，红彤彤的，时而峰峦相叠，时而波涛奔涌，时而走象飞鹰。山山梁梁，沟沟壑壑，村巷行人，鸡狗牛羊，全被镀上一层金色。远处山腰，兀立着一只羚牛，头朝东方，背驼晚霞，金光闪闪，一动不动，仿佛在深思，在回忆，在等待。

像是燃尽能量的煤球，火烧云渐渐褪去色彩，云影绣出图案来。先是三只猴子排着队走，再是大猴牵着小猴，另一个后边跟着，后又幻化为老人拉着牛，后边那人骑个自行车，腰似弓，使劲地蹬。最后天空中是鲜净了，却闪身出一只鸟儿，斜斜地飞，长长的喙朝前伸着，细细的腿儿向后蹬着，紧紧地贴住了尾羽，喙与整个身子几乎平直为一条线，两个翅膀舒展开，似乎没有煽动，姿态优雅极了。它在我们头顶前方，缓缓地滑翔，离得不远，我们看到了头顶那坨大红，看到了尾羽闪耀着的朱红。

"这不是朱鹮吗？"内中一个朋友惊叫起来。

"你是花眼了，朱鹮在洋县呢！"另一个朋友说。

"我是写秦岭动物的,咋能不认得朱鹮?"

"你是躲在屋里捏造哩,我是画朱鹮的,年年去洋县呢,保护站就在村里不远,我们去问问……"

天空那片绯红　　　　　　　　　　　　　　　　　　(蔡琼　摄)

听着他俩争辩,我们不觉进了保护站院门。

保护站院子大,除过一排砖混结构的瓦房,还新建了栋四层楼,外面贴着白瓷砖,洋气了不少。

保护站王站长正站在院子,端个杯子喝茶,他已逮住了我们的话,自豪地说:"洋县的朱鹮飞到这里好久了,白天在院子后面核桃树上耍,飞到西河口捉鱼,晚上就歇在附近树上,把这里当家呢。最近来看的人多着呢……"

我一下子想起诗人沈奇,有一次和他参加采风活动,在去汉中的车上提到朱鹮,顿时神采飞扬起来,仿佛那神鸟出自他的家乡勉县。沈先生说,其他的是先有鸟儿才有画,而朱鹮是上帝先画了这么一只鸟,才有后来的朱鹮。他这么说的时候,一边比画着,用手摸着自己的头说,朱鹮的凤冠翘翘的;手指下滑到脸上说,朱鹮的面颊鲜红红的;指着嘴说,朱鹮的喙向下弯曲长长的;再拍着胸部说,朱鹮的羽毛红白相映,淡雅美丽;最后双手伸展,手指叉开微微下垂,两只胳膊徐徐上扬下压,"朱鹮那仙姿,那优雅,那神韵,那就是诗,那就是世间最美的诗……"诗人醉心于这样的述说了,他把自己"画"成了一只朱鹮。

大家都很兴奋,央求着王站长带我们看看。他开始不答应,担心惊扰了它们。我们承诺远远地看,他才勉强同意了,带我们出了院子。

一条窄窄的街道,宽不足五米,长不过百米,街道两边摆放着土坯房,鳞次栉比着,不少房顶架起卫星天线,添了点现代化味道。暮色从谷底往山头洇上来,炊烟也赶起热闹,稀稀疏疏的乳白色,缭绕了一阵,离开村子时成了浅蓝色。炊烟藏着村庄的好多秘密,想要知道村里还有多少人家,数数黄昏里的炊烟就够了。飘散炊烟的家户不算多,用眼睛捉摸,也就六成吧。

走过小小的街道,拐过几户人家,沿着田坎走了百多米,王站长示意我们停下,趴在田边一块石头后面。前面三米远处,就是西河与东河交汇处,河面展阔,水波不兴,水里是蓝蓝的天,天上是蓝蓝的水。我们静静地、好奇地观察这些可爱的精灵:它们在河边觅食、飞翔、散步,神情悠闲洒脱。大小似雁,脖子和腿长,面部鲜红,喙向下长长弯曲,羽毛洁白似雪,羽干、羽基、飞羽闪耀着朱红色光辉,红白相映,淡雅而美丽。它们浅水觅食,将长而弯曲的喙插入水中,觅得小鱼,啄食之;或枝头休憩,把长嘴插入背脊羽毛,任羽冠在微风中飘动;或天空翱翔,头向前伸,脚向后伸,鼓翼缓慢而有力;或在地上行走,步履轻盈,闲雅矜持。

朱鹮非常看重打扮,像一些爱美的人喜欢讲排场,它们时常穿一身新衣,很讲卫生,经常"换洗"。这天傍晚,我们有幸目睹了它们"美

"我们也美容！" （段文斌 摄）

容"的全过程：两只朱鹮站在清澈的水中，不断用翅膀"扑腾腾"着水面，激起片片晶莹水珠，像暴雨般落在身上，又使劲摇着头，摆着尾，抖掉溅在身上的水珠。如此反复了几次，直到"洗"得干干净净，没了一丝儿灰尘。还互相打量一番，彼此欣赏妆容，都满意了，这才和乐着，飞离了西河。

"没看出来，你还眼睛里有水哩！"那位自称画家的朋友轻声嘀咕了一句。

"你们晓得朱鹮咋谈恋爱，怎么生养宝宝，它的武功如何……"那位声称写朱鹮的朋友向来喜欢叫人夸，话一下子就多起来，开始卖排朱鹮知识。尽管有点缠夹唠叨，可他讲的是些我之前所不熟悉的。不过他的话音很轻，生怕打搅了朱鹮，像有微风轻轻拂在我们脸上，连画家朋友都连连点头。

情爱之路非寻常

"这么花心的家伙,却能落得个好名声……"同在秦岭金水河里玩乐,朱鹮最瞧不起鸳鸯,觉得它们轻浮放荡,没一点儿羞耻之心。

鸳鸯　　　　　　　　　　　　　　　　　　（刘明　摄）

朱鹮为啥对鸳鸯很不屑?以前人们认为,鸳鸯是夫妻忠诚的榜样,能够彼此信守诺言白头偕老,而实际上它们才是一帮感情骗子、花心大萝卜,即使热恋中也不忘偷偷地干些拈花惹草的勾当。

每年3月至5月，好些鸟儿会以复杂多样的炫耀方式，来赢得心上人的芳心，朱鹮却不屑于这么做。

不过春色如许，也正好是朱鹮谈情说爱的时光。朱鹮崇尚活得简简单单，不弄这套花里胡哨的仪式，它们的恋爱简短实在，咕咕低唤，相互梳理羽毛，却情意满满。雄鸟从取食地返回，落于巢旁横枝，深情凝望巢中雌鸟。得到召唤，妻子也把目光转过来，相互观望，彼此不停间低鸣"啊——啊——啊"。过一会儿，丈夫颈部向前平伸，冠羽顺贴枕后，先慢后快，低鸣着靠近，猛地扇动翅膀，跨上妻子脊背。或是产卵前夫妻俩栖息于巢中或停歇于横枝，妻子返回家中，居家丈夫长鸣数声，并不站起。这时妻子进屋，用喙轻梳夫君头颈背部羽毛。夫君慢慢起身，俯首静立，冠羽竖起，欣然领受爱妻亲昵。有时会相互梳理头部羽毛，长喙咬逗，咕咕低鸣。

夫妻亲密　　　　　　　　　　　　　　（雍严格　摄）

震荡灵魂的时刻，终于来了。夫君从侧面跨到妻子脊背，扇动着翅膀，衔住妻子头、嘴或颈部，或轻咬妻子翅膀。妻子立马呼应，尾部上翅，配合夫君压尾，两泄殖腔紧紧相挨。夫妻俩发出急促鸣叫，带着喉部颤音。尽了兴，同时仰天长鸣，夫君跳下，与妻并肩站立，各自膨松梳理羽毛，同时仰头张嘴，似乎要把蓄积心中的满足与倦意呼出来，叫声也微弱下来。

正如金丝猴会搞"同性恋"，朱鹮也能整出个拟交动作，很特殊的，既有交配行为，却无实质进展。这常常发生在秋季，还故意大喊大叫，向同类炫耀夫妻关系稳定牢靠，警告第三者不要侥幸"玩火"。这就像雄性大熊猫通过在石头、树上撒尿做记号，召唤异性："亲爱的，我来了，看我多有劲，尿得那么高！"同时也正告："识相点，这儿有主了，你要不想破相，就赶紧走远些。"

金丝猴中的雄性亚成体组成"光棍猴"，等到足够强大了，才闯进猴群挑战家长，或拐带走几个"美人"。而朱鹮亚成体往往三五成群活动，互相接触了解，要是彼此生出感情，就结成伴侣，双双离群，寻个大树修建房舍，生儿育女，过上自足自乐的家庭生活。但世间阴差阳错的事儿不少，朱鹮的情爱之路也是波波折折，看不上，没缘分，便有初恋失败者，更有命背的"大龄青年"。

和天鹅一样，朱鹮也是爱情专注的典型，婚姻家庭稳定，恪守一夫一妻制"家规"，堪称动物王国里的模范夫妻。一方要是夭亡，另一方坚守贞操，直到生命终结。

洋县姚家沟繁殖多年的一对朱鹮配偶生出悲剧来，妻子惨死在偷猎者的枪口之下。突然失去爱妻，丈夫顿时觉得天塌了，地陷了，整日烦躁不安，郁郁寡欢，饮食不思，眼前都是黑夜。这年冬天雪多，把大地盖了个严严实实，鸟儿们都躲起来了，只有它孤独地蹲立在一棵青冈树桠上，任凭狂风刮乱羽毛，雪花覆盖身子。萧萧寒风裹着声声"啊——啊——"，分外凄惨悲凉，一刀一刀割着保护站工作人员的心。

育 儿 经

我们知道大熊猫爸爸很不负责,只晓得自己享乐,从不管宝宝的事。这方面朱鹮爸爸绝对模范,自觉与妻子一起承担起孵卵、育幼重任,可谓勤劳勇敢的好丈夫,尽职尽责的好父亲。

幸福时刻　　　　　　　　　　　　　　　（段文斌　摄）

朱鹮夫妻从安家落户、生儿育女，要经历大约 4 个月，一般从 2 月初至 6 月底才能完成全部繁殖过程。这 100 多个日日夜夜里，朱鹮两口子相亲相爱，温馨和睦，同甘共苦，一起承揽育幼的艰辛与幸福。朱鹮每窝产卵 2～5 枚，通常 3 枚，卵为卵圆形，蓝灰色缀着褐色。自然孵化期 28～30 天，人工饲养孵化期 25 天。朱鹮护幼，对幼仔宠爱有加，极尽作为父母的职责。育幼期间，一方外出捕食，一方留在窝里悉心照顾幼鸟。这样的事儿，夫妻俩轮流做，既享受了天伦，也都不显得疲累。

喂食幼鸟 （蔡琼 摄）

雏鸟刚孵出时，上体被有淡灰色绒羽，下体被有白色绒羽，脚橙红色。由夫妻俩共同喂养下一代，朱鹮爸爸照看宝宝，妈妈就飞出去寻觅食物，返回后轻轻地落在巢边树枝上，把长长的弯喙伸向巢中，宝宝们尽力将头朝上举，张开小嘴巴，接受父母嘴里的食物。而那性急的宝宝们往往等不及，争抢着将长喙伸进妈妈嘴里，妈妈也急了，使劲抖动脖子，使食物尽快吐出来。之后开始换岗，朱鹮妈妈卧在巢中护卫宝宝，爸爸飞出去猎取食物。经过45～50天的喂养，朱鹮宝宝就能离巢飞行，60天后便跟随爸爸妈妈自由飞翔。这时仍然离不开呵护，要与父母一起在巢区附近活动觅食。朱鹮性成熟鸟龄在3岁左右，人工饲养条件下寿命可达到17年以上。

大自然是残酷的，只接纳那些健康的、适应性和竞争力强的生命。为了活下来，动物们的教子之道很严格，对自己的孩子爱而不宠，讲究方法。

老鹰是所有鸟类中最强壮的种族，不遵守平等原则，一次孵出四五只，猎捕回来的食物一次只能喂食一只，谁抢得凶就给谁，瘦弱的吃不到食物只有饿死，这样便使得最凶猛、最强壮的小鹰存活下来。

熊猫妈妈也深谙此道，从不娇惯孩子，手把手传授孩子一整套取食、爬树、避险、逃生的生存本领，孩子一旦能够独立生活，便让它远离自己而去。

适者生存的丛林法则，朱鹮领悟得太深了，爱孩子，但绝不娇惯，正如人间父母培养出的"熊孩子"会被社会教育一样。朱鹮宝宝们会通过"打架"的方式，从爸爸妈妈那里多分得一杯羹。它们知道，获胜的宝宝身子强壮，更能经历未来生命的挑战。所以，鸟爸鸟妈只在乎赢家，并不在意"打架"过程。这与人类相似，会哭的孩子有奶吃嘛。

这个也得到了朱鹮专家刘荫增教授的确证。当年他们把姚家沟这7只朱鹮命名为"秦岭一号朱鹮群体"。内中有3只幼鸟，得到刘荫增他们的精心呵护，两只长大成活，跟随父母离巢起飞。而最小的那只，因为食物短缺，身体发育缓慢，瘦弱得很，常遭到哥哥、姐姐的欺负，差点丧了命。那天深夜11点，刘荫增还在巢树下录音，忽听到有什么东西从树上掉了下来。担心是幼鸟不小心摔下来，他打着手电找了很久，也没有找见。第二天清晨再去，还是没有寻着。后来一个村里的小孩跑来，说他家屋后有只小鸟。刘荫增教授赶去一看，正是长得最为瘦弱的那只

哺育幼鸟　　　　　　　　　　　　　　（赵建强　摄）

小朱鹮。原来父母为了照顾好身子强壮的两个子女，忍痛将它遗弃了。那只朱鹮幼鸟已是奄奄一息，眼睛无力地忽闪，身子微微地晃动，生命之灯即将熄灭。刘荫增心痛极了，决定救救这个小可怜，给它取名"华华"。把它抱回房子，拿捉来的田螺、虫子、小鱼用剪刀剪碎了喂养。过了几天，华华终于缓过劲来，饭量大了，有了精神。

后来，刘荫增教授还是觉得巢穴才是华华的家，就搭上梯子，把它送回巢里。谁知父母很冷漠，对它不理不睬，不一会儿就又被哥哥姐姐挤得掉了下来。刘荫增教授心疼地"捡"回华华，只好自己养着，几个人天天守着，像照顾自家得病的孩子。经过精心抚育，华华度过了生命里最艰难的时期，身子骨渐渐结实健壮起来。后来，华华被送往北京动物园进行人工饲养，成了国内人工饲养的第一只朱鹮。

人蛇大战朱鹮殇

朱鹮幼鸟被王锦蛇残杀的事，为常秀云的心头笼上浓重的阴影。

圈养朱鹮衣食无忧，野生朱鹮则面临着多种威胁，比如疾病、天敌、猎杀、食物缺乏、食物中毒、个体老化等等。

疾病是每个生命必然面对的考验。野生朱鹮的疾病包括发育不良、结核、肠炎、肺炎、心肌炎、寄生虫、受伤感染等。人都会有老的时候，朱鹮的个体老化实在是再正常不过了。圈养个体，可通过人为干预疗治疾患、延缓衰老，但对于野生朱鹮，一旦得病，若能及时得到救助，许多时候命就保住了；反之，就只好交给上天裁决了。

和金丝猴相比，朱鹮的餐盘丰盛多啦。它们吃肉，居食物链顶端，主食鲫鱼、泥鳅、黄鳝、青蛙、蝌蚪、螃蟹、虾、田螺、蜗牛、蚯蚓、蟋蟀、蝼蛄、甲虫及其他水生昆虫，还有芹菜、谷类、小豆、草籽、叶等，食材多样，饿肚子的几率大大减少，这能把金丝猴羡慕死。可金丝猴的食物在山里，不担心这棵树死那棵树老的，总有树或草会喂饱它们的嘴巴。从食谱来看，朱鹮的食物绝大多数与水有干系。因为水田的劳动成本高，产量低，有的便改种玉米什么的，使水田改旱地，导致觅食地减少；再就是水源易受污染，不但其食物减少，还增加了食物中毒的风险。

至于猎杀，由于法制宣传及时有效，在朱鹮常住地，近些年几乎没有了。而对于那些安家异地的朱鹮，当地人未必一下子就熟悉，有可能遭到误杀。因此，当地政府和保护部门一定要做好保护工作，确保朱鹮不会出现意外。

相比之下，对人的宣传教育不算难，如何防范天敌对于野生朱鹮的伤害，还真不是个容易的事儿。黄鼬、蛇、鹰等天敌，是朱鹮生存所面临的重大挑战。最初，保护人员及当地民众针对黄鼬和蛇的行动特点，想出了一个好法子，那便是在朱鹮筑巢的树干上裹上塑料布、铁皮或涂上工业黄油，戴上伞形罩，甚至挂上层层刀片，以防止黄鼬或蛇爬上树偷窃朱鹮卵或雏鸟。这一招能挡住黄鼬，却对付不了滑头灵巧的蛇。它会顺着刀片缝隙上去，抹黄油也不行。后来就发生了一场人蛇之战，让朱鹮专家常秀云生出职业生涯里最大的挫败感。

黄腿渔鸮　　　　　　　　　　　　　　　（熊柏泉　摄）

话说朱鹮野化放归到宁陕县寨沟村,第二年春里,坐巢的两对朱鹮有一对繁殖出了幼鸟,确是朱鹮保护历程中里程碑式的进展,因为这是世界上第一窝朱鹮野化放飞成功后养育的后代。常秀云大学毕业就从事朱鹮研究,已经走过25个年头,能取得这个成果,意义自是非凡。谁知上天不慷慨,派一条蛇来破坏了。

那是2008年4月27日中午,常秀云正在村里老乡家中休息,突然听到一阵不祥的"嘎嘎"鸣叫声,显得惊慌而无助。声音是从山坡上传来的,常秀云脑海里立即浮现出那棵树上巢里的朱鹮幼鸟。

王锦蛇　　　　　　　　　　　　　　　　　　（马亦生　摄）

常秀云心里猛地一沉,冲出屋子,咚咚咚跑上山坡,她用望远镜一看,果然是一条王锦蛇,盘踞在巢里,虎视眈眈地盯着几只朱鹮幼鸟。那是最可口美味的点心啊,蛇高兴得口里生出哈喇子。刚刚孵化出的幼鸟,没一丁点儿自救能力,就是任人宰割的羔羊。亲鸟吓丢了魂,可它也没本事对抗那个魔鬼,只能胆怯惊厥地盘旋,焦急地"嘎嘎"鸣叫。

常秀云赶紧组织巡查员打蛇。当时她想上树，把蛇给抓了。保护人员李夏迅速做着爬树准备，大家的心提到了嗓子眼，一齐仰头盯着那个巢，替那幼小的生命捏着一把汗。

这时，常秀云看到了朱鹮巢中幼鸟的挣扎，王锦蛇已经开始下口了。朱鹮妈妈心都碎了，哀哀地盘旋鸣叫。巨大的悲痛裹挟了它，它顾不了许多，竟然飞落在鸟巢边一米远处，但也只能眼睁睁盯着魔鬼吞噬自己的孩子。作为母亲，它却没有任何招数去解救，唯有发出撕心裂肺的声声哀鸣。

树高四五十米，巢穴建在很高的枝杈间，使得营救并不顺利，李夏的攀爬没有成功。这时再打电话请求援助，根本来不及了。常秀云只有暗自祈祷，期盼着奇迹的出现。

很快保护人员找来一根长竹竿，试图把巢里的王锦蛇捅下来，可第一根竹竿太重，没法用劲。又找来一根，却不够长。正在焦急时，有人拿来绳子，一头系在树干，一头绑在人身上，尽量往上爬，以便竹竿能够得着鸟巢。

竹竿终于碰到了王锦蛇，蛇被竹竿挑落半截身子，嘴上还叼着一只朱鹮幼鸟。蛇受了惊，担心自己掉下去，顿时松了口，幼鸟掉了下来。大家奔上前，那只幼鸟摔在地上，软踏踏的，摸一摸，身上没有一点热气，原来已在蛇口中窒息而亡。

经不住竹竿的连续戳动，王锦蛇顺着树枝溜走了，爬到了更高处。

王锦蛇逃走了，巢里没有了一丝动静。常秀云反复用望远镜侦察，巢里空空的，唯有朱鹮妈妈绝望伤悲的惨叫，撕裂着她的心。

自 知 之 明

俗话说"人贵有自知之明",然而好些人做得并不好,反倒不如朱鹮们。

八哥、画眉、鹦鹉是歌唱家,那副好嗓子是天生的。朱鹮没这天分,叫声粗短沙哑,仿佛喉咙里卡着异物,便有了自知之明,决不当王婆,自然性情孤僻沉静。除过求爱、受惊、恐吓入侵者,时常嘴巴紧闭,不言不语。古语云:"大象无形,大音希声,大道不言。"这莫非讲得就是朱鹮,词句简陋,寡言少语,可谁也不敢小瞧了它们。它们的身份地位尊贵得很啊。好比喜马拉雅山,往那一站,所有的山都自觉蹲下去了。

朱鹮通常都把家安在海拔1000～1300米左右的栎树、松树、白杨树等高大乔木上,一巢一家,巢域分明,互不侵犯,相安无事。雌雄两口子共同营巢,巢窝距地面高约16～25米,巢形呈上大下小的半椭球体。朱鹮不讲究吃喝住房,不似喜鹊那样的建筑专家,它们把家整得很粗糙,选择几个树桠斜生处,噙些树枝来,横一根,竖一根,交叉搭在一起,内垫玉米秆叶、树叶、蕨类、草叶、草根等柔软物;也不像喜鹊营巢,需要选在三根树权的支点上堆积巢底,还要沿四周垒起围墙,然后支搭横梁,进一步封盖巢顶,造个像模像样的屋顶,常历时很久。朱鹮才不

橙翅噪鹛　　　　　　　　　　　　　（蔡琼　摄）

愿费神搭窝呢，只要能搁进半个身子，把卵产在里边就可以了，天空就是自家房顶啊。

喜鹊讲究营巢长期宜居，却不在意着装打扮，黑白简装最合适。朱鹮却不同，它们是太灵醒了，晓得在哪里用力，把自己打扮好，比啥都要紧。但它们也有讲究的地方，等孩子长大离开了，它们也就自然迁走了，很少再回到这个家。等到下一个恋爱期，它们又要因地制宜地再建一个新家。朱鹮为啥不像喜鹊那样长久居住一处巢窝呢？个中原因，只有它们自己晓得。也许，修房造屋便是婚姻生活的重要部分，过程的艰辛直接预示着结果的甜蜜，那是比秦岭山里的"百花蜜"都要醇香了。

朱鹮明晓自己不够强大，繁育期非常危险，必须装扮好自己，以迷惑天敌，保护自己和后代。这个时候，成鸟的头、颈、肩部会分泌出黑色小颗粒，将这些部位洇染成灰色，变幻出深灰、浅灰、灰白色，那头顶耀眼的丹红变得暗淡，那长喙尖头的红色变成铁红，那长腿的红色收敛了艳丽，像是驴友们穿的迷彩服。这身素装，把天生丽质隐藏起来，

朱鹮的巢　　　　　　　　　　　　　（雍严格　摄）

把天敌的眼睛蒙蔽起来，把哺育宝宝的欢喜藏匿起来，确保安然度过这一段关乎种族延续而责任重大的特殊时期。

等到秋天踩着鼓点稳稳地来了，漫山遍野的红黄绿，绚丽多彩，在静默中独自惊艳。朱鹮最先感知到秋姑娘的步子，急急抹下灰帽子，摘下灰围巾，脱下灰衫子，把一年中最漂亮的衣帽穿戴上，绯红妖娆出最美的身段。

第二辑
大秦岭熊猫世界

美国著名野生动物学家、《最后的熊猫》作者夏勒教授感叹道:"体格肥硕似熊,却独具创作的天分、艺术的完美,仿佛专门为这项崇高的目标而演化成这样一个模特。圆圆的扁脸,大大的黑眼圈,圆滚滚逗人想抱的外形,赋予熊猫一种天真孩子气的特质,赢得所有人的怜爱,令人想要拥抱它,保护它,而且它又很罕见。更何况幸存者往往比受害者更能打动人心。这些特质造成了一个集神奇与现实于一身的物种,一个日常生活中的神兽。"

(王明 绘)

"活化石"出没

古希腊人说:"我是谁,我来自哪里,我到哪里去?"这是他们对人类历史、命运的考问,相信每个人的回答,好比花园里的花儿,色彩各异。这般悬疑,大熊猫咋面对?它们的"猫语",只自个儿明晓,我们听不懂的。而我们的"人语",它们晓不得,或许还不在乎。可两条腿的家伙好奇呀,想探究熊猫们的过往、当下及今后。那你们不妨静下来,听听我替它们说的"人话"吧。

这世界上还有比大熊猫更招人欢喜的物种吗?

说实话,人类还从来没有如此关心过其他某个单一物种,给予它们至高的荣耀和华美的辞藻,视其为吉祥忠厚、和睦隐忍的象征,尊为贵宾,还作为国礼相送。能享受这般待遇的,当然是大熊猫,也只有大熊猫。

长相呆萌,憨态可掬,温驯善良,大大的头颅,鼓鼓的额头,圆圆的脸颊,短而粗的四肢,胖嘟嘟的身子,黑白分明的外表,戴着墨镜,脸挂微笑,绅士样踱步,柔道演员般灵巧。

"活化石"并不是一个随便可用的词儿,许多时候,就像件黑白装穿在了大熊猫身上。800多万年前的中新世晚期,熊猫来到了这个星球,

秦岭大熊猫享受冬日暖阳　　　　　　　　　　　　　　　（赵建强　摄）

比我们人类早了600万年，贴上"悠久""坎坷"的标签是般配的。大熊猫研究泰斗胡锦矗教授在《大熊猫传奇》中分析了大熊猫的演化进程。它们经历了始熊猫、小种大熊猫、武陵山大熊猫、巴氏大熊猫四个演化阶段。其演化历史是条波澜壮阔的大河，一浪一浪朝前走，涌动着暗流，裹挟着秘密。种群如何波动，怎么分化，原因何在？一直是个谜团，直到基因组学的发展，才被解开。中国科学院魏辅文院士采用种群基因组学、宏基因组学的相关技术，阐明了大熊猫种群历史、濒危过程及演化潜力，揭示了大熊猫食性转换和特化历程，从形态、行为、生理、遗传和肠道微生物等方面产生适应性演化规律，得出古气候变化和人类活动导致其濒危的结论。这个成果被写进魏辅文院士的专著《野生大熊猫科学探秘》。

大熊猫是地球上的远古居民，但被我们知晓的历史却只有151年。1869年之前，世界鸟兽志上根本就没有"大熊猫"这个词条。它的科学命名与现代称谓，却与一个西方神甫有牵连。戴维是法国神甫，"主业"

是传教，谈不上什么建树，却在发现中国珍稀动物方面大显了神通。其最令人瞩目的成就，当属第一个发现并将大熊猫介绍给世界，引起巨大轰动。

　　1869年3月11日下午，兼任法国国家自然博物馆通讯研究员的戴维到野外采集生物标本，在返回教堂途中，路过一户李姓人家，主人客套地让到家中用茶点。墙上挂着一张黑白相间的奇特动物皮，把他的眼球深深吸引了。主人说这种动物叫"白熊""花熊"或"竹熊"，很温顺，一般不伤人。戴维很好奇，就想着要是能弄个活的该多好呀！谁知他的运气好极了，很快便如了愿。这年5月4日，猎手们给戴维捕到一只。戴维费了一番脑子，为它取名"黑白熊"。经过一段时间的悉心喂养，戴维决定将其带回法国。不承想，这熊经不起长途山路颠簸和气候不断变化，还没运到成都就死了，戴维很惋惜，只好将它的皮做成标本，送到法国国家博物馆。博物馆主任米勒·爱德华兹见多识广，仔细研究其外形特点，最后得出结论：这个奇异的动物既不是熊，也不是猫，而是与中国西藏发现的小猫熊相似的另一种较大的猫熊，遂定名"大猫熊"。只是后来由于人们的误读，才变成了"大熊猫"。

　　老子说："祸兮福所倚，福兮祸所伏。"1869年，对于戴维神甫来说也许是个幸运年，他因发现珍稀物种"活化石"大熊猫被载入了人类科学史册。而这一年，却是大熊猫物种的灾难年，西方知道了这个神奇物种，一下子疯狂起来，纷纷涌进来，开始血腥屠戮和金钱交易。罗斯福兄弟号称"熊猫杀手"，露丝·哈克纳斯首次将活体熊猫苏琳冒充"哈巴狗"带出中国，"熊猫王"史密斯贩卖的大熊猫最多……

　　为什么会发生这等悲剧？我想，只能从东西方文化里找缘由了。农耕文化滋养出的中国猎人，把狩猎作为满足自身需要，或在小范围内以物易物。大熊猫的肉粗不好吃，皮硬不好用，不属于狩猎品种。而商业文化熏陶下的西方人讲究交换，追求利润，猎取野生动物当然是越多越好。

凭借一只大熊猫，戴维搅动了科学界的一湖水。大熊猫走进世人眼球的那一刻，一场分类学大争论随之而来：大熊猫归于熊科，浣熊科，还是自立门户？三个阵营展开混战，针尖对麦芒，针锋相对，互不相让，唯有熊猫冷眼旁观。据说，已有超过50部学术专著声称解决了熊猫的起源与分类。一个多世纪的论争，把大家都整累了，想想在为谁忙啊？

然而，纷争还没终结……

像是戴维捡起一根柴，在四川宝兴点燃一把火，哪知星星之火渐成燎原之势，燃起了世界范围的"大熊猫热"。正如火能取暖，亦能灼伤人。世界对熊猫的狂热，先是带给熊猫接二连三的厄运和灾祸，所幸随着西方人生态伦理观念的萌芽与发展，又促进了对熊猫的研究和保护。

在佛坪熊猫谷，安安握着红萝卜想心事（左图），恒恒专注地吃南瓜瓤子（右图）

(何鑫 摄)

大 话 熊 猫

　　大熊猫有着悠久而坎坷的历史,被誉为"国宝""活化石"。早在800多万年前,它就生活在这个奇妙的星球上,"始熊猫"是今天熊猫的先祖,体形只有现在熊猫的一半。然而,我们对它的认识只有145年。大熊猫的称谓曾经模糊而混乱,诸如:貘、罴、貔貅、白熊、花熊、竹熊、大熊、银狗、峨曲、执夷、猛豹、虞花熊、大浣熊、杜洞尕(藏)、猛氏兽、食铁兽。"食铁兽"的标签告诉我们,它们也曾凶猛刚烈过,绝非当下这么温顺娇憨。《尚书》中称其"貘",陆玑注云:"(貘)似虎,或曰似熊,一名执夷,一名白狐,辽东人谓之白罴。"古人将笨拙可爱的熊猫与老虎、黑熊相提并论,对它的敬畏可想而知。

　　它曾是大熊猫-剑齿虎动物群中的一个举足轻重的成员。据研究表明,在距今约1.8万年前的第四纪大冰期冰川最盛时期,气候剧变,威武雄壮的剑齿虎、剑齿象、中国犀皆没逃脱宿命,这个动物群中的上百种成员走到了历史的尽头。这些猛兽是怎么消失的,我们不知道,但熊猫知道,可它永远不会告诉我们。反正它们神奇地存活下来,成为自然界的劫后遗老。熊猫得以迄今保留着许多古动物的特征,如脑容量小,消化器官简单,骨骼很笨重等等。

熊猫睡觉　　　　　　　　　　　　　　（熊柏泉　摄）

所有的生物种类都在优胜劣汰中进化，而熊猫拒绝改变，它仍是慢吞吞的，相信总有可口的美味能够进食享用，足以维系生命。然而，可供捕食的物种在一点点绝灭，有一天它不得不面对这样一个残酷的现实：它可以得到的食物太少了，终究难以饱腹。按照生物进化的法则，下面一个应该绝迹的便是它了。俗话说："懒人自有懒人福。"与那些"士可杀不可辱"的动物不同，它背叛了祖辈的食肉准则，选择了吃竹子，成为食肉类动物中唯一吃素的"和尚"。

顽固的背后是随势而为，它们不是和尚，并不遵守吃斋不吃荤的清规戒律。为满足口腹之欲，也为强筋壮骨，不定期地吃点肉，合理营养膳食。最大的倒霉蛋是竹溜，这家伙与熊猫争食，又绝对处于劣势。"侵我领地者，杀无赦！"熊猫撞见竹溜，非但不友善，反而"烹而食之"，美美地消受一顿。有时吃木炭和舐咬铁器或粘有油腻盐渍的器皿，有的地方志便称之"食铁兽"。

熊猫为了生存，还选择与身边自然环境相似的颜色。"衣着"清淡素雅,黑白相间,夏天林深竹密,易于掩护;冬天与雪地岩石混为一体,天敌难以发现。熊猫毛粗,里面充满髓质,毛层厚实,毛面含油脂,保温性好,水汽不易透入。这身厚实的"皮袄",帮它抵抗寒冷,不染风湿不冬眠,还时常在雪地睡大觉。这么威严的打扮,又有一身好力气,再添一口锋利的牙齿,常常能把天敌吓得半死。

世界鸟兽志忝列词条"大熊猫",是1869年之后的事。那一年的5月4日,法国人阿曼德·戴维把猎手在四川宝兴捕到的一只"竹熊"命名为"黑白熊",将其做成标本,送到法国国家博物馆。博物馆主任米勒·爱德华兹根据外形特点定名为"大猫熊"。1939年,重庆平明动物园举办大熊猫标本展览,由于排版和中文读法,参观者把标牌上的"猫熊"读成了"熊猫",从此,"大熊猫"这个现代名称便诞生了。

称谓确定了,一场大争辩却随之而来:熊猫种属归于熊科还是浣熊科?观点不同的两派,针尖对锋芒,各说各的理,唯有熊猫冷眼旁观。一个多世纪的论争,把大家都整累了,想想在为谁忙啊,于是有了一个妥善的结果,就是让其自立门户——食肉目"大熊猫科"。因为"浣熊派"承认熊猫与熊类关系更近的事实,"熊派"还是略占上风。然而,前几年出版的一本科普读物依然将熊猫归于"熊科",习俗的力量可见一斑。

小熊猫　　　　（郭建英　摄）

"世界公民"大熊猫

如今，地球上飘扬着两面标志性旗帜：一面是管理人类社会事务的联合国旗；一面是保护所有野生动植物的大熊猫之旗。世界野生生物基金会（世界自然基金会的前身），于1961年宣告成立。会徽为大熊猫，原型是姬姬，它是1958年奥地利动物商海尼·德默用3只长颈鹿、2只犀牛从北京动物园交换得来的。大熊猫也成为许多国家自然保护运动的象征。

大熊猫受到全世界不分肤色、种族、性别、年龄的人们喜爱，成为和平友好的使者。世界自然基金会选它作会徽与会旗的图案，视其为世界范围内一切珍稀野生动物保护的象征。大熊猫，是中国的，更是世界的，是动物世界的"国家元首""联合国秘书长"，也是动物保护的旗舰物种和珍贵的世界自然遗产，为我国政治、文化、外交领域输送着独特而无法替代的能量。

大熊猫成为"世界公民"的历史，几乎与我国的对外交往同步。汉唐时，朝廷为了边疆稳定，派昭君出塞、文成公主入藏。大熊猫也承领着类似的角色，公元685年，首次作为"友好使者"出使日本。中国现代历史上首次"熊猫外交"，发生在1941年。作为最高规格国礼，宋美龄向美国赠送一对大熊猫，感谢其救济中国难民。

这些憨态可掬的"滚滚"，如国际巨星般受到追捧。正如前苏联动物学家所说："大熊猫是野生动物世界中绝无仅有的、货真价实的瑰宝，是非常美丽的、标新立异的、令人惊叹的动物。"旅美大熊猫玲玲的一只幼仔夭折，世界自然基金会瑞士总部第一次下半旗致哀。美国人像对待好莱坞明星一样爱着熊猫，熊猫住所都是价值数百万美元的"豪宅"。大熊猫"明"1944年年底去世，《泰晤士报》专门发"讣文"："它曾为那么多心灵带来快乐，它若有知，一定也走得快快乐乐。即便战火纷飞，它的离去依然值得我们铭记。"兰兰和康康的座机一进入日本领空，就有一个战斗机编队护航。旅居南澳大利亚洲的熊猫网网、福妮，只吃当地一种竹子，其余的要从两千多公里外的地方空运。生活在联邦德国的宝宝，所吃竹子是用专机从法国空运的，还要冷藏消毒保鲜。据说，美国总统出访时，也是空运了厨师和食物的。

从佛坪走出的熊猫艳艳，被送往德国柏林动物园，弯弯和希希在比利时皇家动物园展出，成为传递友谊、加强合作的桥梁与媒介，让世界知道了陕西佛坪，了解了秦岭大熊猫。这里要着重介绍一下艳艳，它是大明星，被外借在德国生活了12年。1985年10月19日中午，佛坪野生动物保护站职工陈玉贵、高本周冒雨在蔡家沟山林巡逻，在北坡朝阳一个扇形崖洞里，看见一对熊猫母子。熊猫妈妈周身发抖，幼仔仅会蠕动，嗷嗷直叫。佛坪县、局领导带领兽医和工作人员，驱车70多公里，再步行30多公里，赶到现场。长方形的洞顶不停地滴着水珠，洞底凹处积着水。他们先把积水排干，然后投放竹叶、甘蔗、甜稀饭、水果糖，引诱母熊猫进餐。幼仔从有声到微声，从蠕动到微动，情况十分紧急。他们决定将其捉出洞人工饲养。

熊猫妈妈病饿交加，没有能力护仔，幼仔被顺利抱出洞，放进一个垫着棉衣的竹篮。熊猫幼仔许是饿极了，含着用竹叶卷成的"奶嘴"，

"咕嘟""咕嘟"一气喝完了300毫升奶汁。压在人们心头上的石头,这才落了地。

幼仔是个雌性,让人养了;熊猫妈妈却滴水未进。他们反复投食,它才伸出右前肢抓住甘蔗吃起来。5天后,它抛下孤苦的女儿,离"家"出走,再没回来。人们只得将它运回佛坪县野生动物保护站进行抢救、饲养。每天定时做健康检查,采集尿液、粪便,到医院化验寄生虫、虫卵、血液,记录大小便形态、数量、次数、时间。艳艳度过了危险,健康地成长起来,两月龄时4.17公斤,一年后长到60多公斤。

大家称它艳艳,佛坪叫这名字的女孩很多,都觉得亲昵。1987年,艳艳来到筹建中的陕西省珍稀野生动物抢救饲养研究中心。工作人员特别宠爱艳艳,对它是有求必应,渐渐宠成一个贪吃的孩子。艳艳发育得太丰满了,肚子又圆又大,远远看去像个黑白相间的皮球。它动作麻利,爬树快捷,想吃东西的时候,一双眼睛深情地盯着你,没人忍心给它减肥。

1995年,李鹏总理出访德国,应科尔总理的要求,答应选送一只大熊猫到德国柏林动物园合作繁殖。艳艳满了10岁,娇憨可爱,被选中出使,赢得德国人民的欢迎和喜爱,可谓魅力"倾国"。艳艳被人们捧在手心,一举一动受到媒体关注,每年当地媒体报道其新闻达100多条。许多游客专程来看望这个"镇园之宝";有些柏林人天天来见面,对其熟谙程度甚至超过专家;还有些参观过的外国游客念念不忘,回去后不断写信询问。

柏林动物园把艳艳视作"掌上明珠",给它的卧床安装了自动显示秤,随时掌握体重数据,供喂食时参考。每天吃的竹子,是定期从法国专机空运的,还要经过冷藏消毒,保证食物新鲜卫生。艳艳进食的模样最逗人,懒洋洋地躺着,抓起一根竹竿,把叶子一片一片摘下来,卷成大拇指粗的卷子,喂进嘴里,有滋有味地嚼着。咥饱了,就四仰八叉躺

虎子进餐　　　　　　　　　　　　　（向定乾　提供）

下来，将脊背贴在地上，眼睛微微闭上，嘴巴却张开，伸出粉红色的舌头，悠闲极了。

这股"大熊猫旋风"，并没停歇的迹象，一阵紧似一阵地刮着。

西方人看重了大熊猫，中国也不愿落在后面，毕竟是自家国宝呀。我国几乎每隔10年开展一次大熊猫野生种群生存状况、数量全面调查。除过与我们直接关联的普查活动，还没有哪个物种享受这种"举国体制"。每只圈养熊猫都被登记入册，拥有终生独自的国际谱系编号。每一只熊猫死亡，都要上报各级林业部门。而熊猫出国，需要四位总理级人物签字。戴丽是世界首例接受截肢手术的熊猫，手术方案是经国家林业局批准的。

令人感慨的是，几年前，修建成都到兰州铁路时，把穿越"国宝"栖息地的轨道改为隧道，大大降低了对大熊猫的影响。投资是大幅增加了，但这钱花得值啊。秦岭里拍到野生熊猫，都是重要新闻，能上央视的"新闻联播"。

幸福的代价

法国神甫戴维发现大熊猫八十八年后，秦岭人还不知道"花熊"就是举世闻名的"国宝"。1957年，佛坪县原岳坝乡乡长杨笃芳打死两只"花熊"，成为文献记载第一个打死秦岭大熊猫的人。

十多年前，我专程到岳坝采访杨笃芳老人。提及那段往事，这个略显木讷的山里老汉打开了话匣子："我不光见过熊猫，还一天内打死两只呢！"看到我惊讶的表情，杨老汉解释道："那时不认识熊猫，也没说要保护。放在现在，说啥也不敢打哩！"

这个事烙进杨笃芳脑海，老人怎么也忘不了。

1957年冬天，天空中飞过一架飞机，扔下个不明物体。村里人看到了，以为来了特务，就向他报告。岳坝乡当时属洋县管，杨笃芳是这个乡的乡长，心想事关重大，立即带人跑到百多公里外的洋县公安局。公安局领导听了汇报，命令他组织民兵搜山。杨笃芳和公安局郑股长带了11个荷枪实弹的民兵进山搜捕"特务"。下午4点多钟，他们来到西河的小白河沟口附近的竹林。前方30米远处，一个头戴"白草帽"，身穿"白马褂"洋装的人在林中穿行。一个眼尖的民兵看到了，便向领头的杨笃芳报告。杨笃芳走向前去，而那个家伙正往这边观望，没有一点逃

作者白忠德采访杨笃芳老人　　　　　　　　（曹庆　摄）

走的迹象。

"站住——"

"把手举起来——"

"我要开枪了……"

几次喊话，都不被理睬。

他与郑股长一番琢磨，认为那个家伙就是特务，派民兵散开围堵在周围，他用中正式步枪射杀。杨乡长是当地有名的神枪手，连放两枪，"特务"应声倒地，子弹从左耳朵后面穿过去。他们冒险凑上前，满以为打了个特务，走近一瞧，是个黑白花相间、像狗熊一样的动物。他是猎户出身，打过狗熊，这个动物像狗熊，可是颜色不对。没有多想，他们就把它的皮剥了。

那天下午6点多，他们抬着这个"特务"，到了一个山崖下边，找个岩洞，砍些毛竹搭起铺，准备过夜。有人生起火，支起吊罐开始做饭。大家围着火，坐了一圈，聊得正高兴。火苗和烟雾升腾起来，崖壁上那棵松树开始落水，把他们的脑袋浇湿了。水从悬崖滴下来，流到了杨笃芳嘴里，臭得要命，他差点呕了。还以为在下雨，探头望天，透过树叶缝隙，夜空中星子繁密，眨巴着眼睛，借着星光，瞅见树上蹲了个像"黑子"的家伙，是它在撒尿。"黑子"便是当地人嘴里的狗熊，狗熊是个厉害角色，有危险啊。大家又让他开火，杨笃芳顺手拿起枪，对准那家伙扣动了扳机。

"砰"一声，又是"咚"一响，黑家伙掉了下来，不偏不倚，砸在煮饭的铁锅上，把吊罐撞翻了，将火压灭了。点燃火把，借着火光，觉得与下午打死的那只一个样。大家围着议论起来：这家伙笨得很，要是狗熊肯定会攻击的。"黑子"胸脯处是花的，这家伙没白斑。琢磨来琢磨去，众人搞不明白，就向政府报告了。政府派人看了，也没个结论。他们把第二只扒皮煮着吃了。杨笃芳说，那肉难吃得很，一股烂竹子味，汤就更不好喝了。他将皮张带回家，铺在床上当褥子，骨头扔在了山洞里。

这事第二年掀起了轩然大波。

1958 年，动物学家、北京师范大学郑光美教授来这里收集动物皮毛标本，找到杨笃芳询问野生动物情况。杨笃芳想起床上那个皮张，告诉郑教授，自己打死过两只从未见过的花熊，遂拿出皮张给他看。郑光美把它与自己带来的图谱一对照，突然捧着皮张哆嗦起来，说："这是国宝大熊猫啊！"于是，立即让他带路，上山找回遗弃在山洞里的熊猫骨骼。郑光美带走了这只熊猫的皮张和骨骼，也带走了杨笃芳老人内心的平静。

依据标本，郑光美教授很快确认杨笃芳所说的"花熊"其实就是生活在秦岭里的大熊猫。适时，许多报刊停刊整顿，直至 1964 年，郑光美、徐平宇才把这个重大消息发布出来。至此，中国大熊猫分布版图上多了一个"秦岭"。

这两只大熊猫付出了宝贵的生命,却赢来整个秦岭亚种的幸福与平安。我突然想到,人类社会的进步与发展,往往也是以牺牲少数人的利益甚至生命为代价的。

杨笃芳老人　　　　　　　　　　　　　　　　（白忠德　摄）

父子，兄弟？

大熊猫居住在四川、陕西、甘肃三省，而甘肃熊猫属于四川熊猫家族成员，那四川熊猫与秦岭熊猫究竟啥关系，是父子，还是兄弟？

说到熊猫，蹦到嘴边的就两个字——四川。这不难理解，四川是世界大熊猫模式标本产地、科学文化发现地、保护文化发源地、研究发源地、科学法则命名地、模式皮张标本产地，也是第一只被介绍给世界的活体大熊猫标本采集地，野生熊猫数量、圈养数量都最多。

全国第四次大熊猫调查结果显示，截至2013年底，全世界野生大熊猫1864只，其中四川1387只，占74.4%；秦岭345只，占18.5%；甘肃132只，占7.1%。目前全球圈养个体达到600只，四川占到2/3以上，陕西才20多只。人家把"熊猫牌"打得很顺手，相关电影、图书、期刊、玩偶、研讨活动很多，还成立了专门的生态文化研究机构。这让人不服都不行。前年我去成都，在一家超市购物，见到好些商品包装上印着大熊猫图案，随手拿过来一个，包装上是一丛竹林，下面卧着只憨憨胖胖的大熊猫，细瞅里面却是坨兔肉，我就愣了好几分钟，生出些复杂情绪。

我们确实没法和人家比数量，拼影响，但秦岭熊猫是有个性的，独特的，不是大熊猫家族里可有可无的小成员。

秦岭野生大熊猫　　　　　　　　　（刘小斌　摄）

长期以来，人们认为它们是长辈与晚辈的关系，现在扯平了。秦岭熊猫具有独特的种群进化史，与四川熊猫在形态学和分子生物学等方面存在着明显差异，是一个独立亚种，被科学界公认为秦岭亚种。四川熊猫与秦岭熊猫是"兄弟"而非"父子"，这可是秦岭熊猫研究史上的一个里程碑。改写这个关系的是浙江大学生命科学院教授方盛国，他根据新的动物分类学研究结果，将大熊猫分为四川亚种和秦岭亚种。秦岭亚种比其他五大山

成都都江堰圈养大熊猫

（郭建英　摄）

系熊猫更为原始，具有独立的进化历史，遗传分化、形态已达到亚种分化水平。种群数量更少，栖息地更狭窄，生存情况更为濒危。

大熊猫分为就地保护和"异地保护"两种，四川把圈养活儿做得非常好，生态旅游鼓了他们的腰包。秦岭是中国野生大熊猫栖居最北的地方，生育力强，第四次普查结果显示，由20世纪80年代的109只增加了217%，达到345只，增幅全国最高；密集分布区每0.45平方公里1只，而四川王朗国家级自然保护区5~9平方公里才能达到这个水平，种群密度全国最大；第四次"猫调"秦岭获得535份DNA样品，成功鉴定出178只野外个体，占全国的53%。它们是自由的，康健的，不受"牢狱"之苦。老的、小的、男的、女的，住得紧凑。居住地海拔低，与人打照面的时候多，彼此熟络了，觉得人和善，也就不怕人，经常去农家做客。在佛坪三官庙、太白县黄柏源、洋县华阳，科研人员或村民多次看到大熊猫为领地、食物"打群架"、为爱情摆"擂台赛"。与四川亚种"隐居深山，难得一见"的情形大不相同，这么高的野外可遇见率，是秦岭亚种所独享的。

秦岭山水好，养得秦人统一中国，养得熊猫娇憨富态。受到嘉陵江的阻隔，人类活动的影响，两弟兄5万年前就断了往来，无法"串门"联姻，各过各的日子。大熊猫祖祖辈辈穿着黑白服，秦岭大熊猫却是黑非纯黑，白非纯白，黑中透褐，白中带黄，更有爱美的，化了彩色妆。

1985年，是改写大熊猫研究史的一个重要年份，世界首只棕色熊猫现身陕西佛坪。丹丹，美人中的美人啊，熊猫迷们爱得抓狂。但它不是唯一的，三十四年来，人们在秦岭见到棕色个体8次。到底成因为何？数目多少？为啥只分布在秦岭？是否与普通大熊猫存在差异？这些都是谜团，有待科学工作者进一步考察揭秘。

大熊猫是国宝，棕色大熊猫更是国宝中的美人。1985年，世界首只棕色熊猫"丹丹"走入人们的视野，惹得海内外"猫迷"们把目光盯向

秦岭夏日 （马亦生 摄）

秦岭，秦岭大熊猫一下子火了起来。它是在佛坪大古坪现身的，便让佛坪狠狠地沾了光，扬了名。从那时到现在，人们在秦岭见到棕色个体8次，其中6次在佛坪，2次在洋县境内。秦岭到底有多少只棕白色熊猫，谁也不知道。成因如何，迄今尚无定论。

秦岭亚种 PK 四川亚种

四川卧龙大熊猫　　　　　　　　　　（卧龙保护区　提供）

俗话说，一方水土养一方人，四川地区土壤、气候、植被与秦岭有很大差别，两地的大熊猫长相、颜色、身形便打上了不同的烙印。一般人可能识别不了，但专家们打眼就能看出来：四川亚种，头大牙齿小，头长似熊，胸部深黑色，腹部白色，下腹部毛尖黑色、毛干白色；秦岭亚种，头小牙齿大，头圆像猫——这不是我们家里养的猫咪，是浣熊科的小熊猫，胸部深棕，腹部棕色，下腹部毛干白色、毛尖棕色。四川亚种是娇小玲珑的林黛玉，最长 1.4~1.5 米；秦岭亚种则是丰腴富态的薛宝钗，可达 1.7 米。秦岭山里，还住着化了妆的棕白色熊猫，是国宝中的国宝。

四川亚种，洋气富贵，吃得好，住得好，生病有人看，性生活有人帮，坐月子有人伺候，像极了"富二代"，可谓"熊生美好，岁月静美"。可它没自由，整天待在圈舍里。

棕色熊猫七仔　　　　　　　　　　　　　　（吴康　摄）

秦岭亚种，乡土气息浓，吃住在竹林、树林，喝着山泉水，自己养孩子，伤病自己管，聪明的就往人户跟前跑，但山里住户少，也许还没走拢，蛔虫已把身子骨掏空了。小日子过得艰难，却想干啥就干啥，没人拦着挡着，也不用看脸色行事。不是有个诗人说过："生命诚可贵，爱情价更高。若为自由故，两者皆可抛。"

爱情是块魔石，对人和动物都有很大的吸引力。圈养大熊猫懒到不愿交配，丧失性爱兴趣，得靠人帮忙生育。以我辈来说，真不知它们活得还有啥意思。而秦岭野生熊猫就不一样了。洋县华阳山里，一只雄性大熊猫东一口，西一爪，左冲右突，摆脱了情敌们的纠缠，急速奔到"美女"所在的树下。不像通常那样守在"美女"树下，阻止她逃离，以防她和情敌接近。它可不想耽误一分一秒，"噌噌噌"直接爬了上去。树干上部碗口粗，阳面斜生着好些枝杈。"美女"就蹲踞在一根胳膊粗的枝杈上，一见"心上人"这般勇猛，先是被震撼了，而后又被感动了，立即配合调转身子，前后肢下移一点，抓住两根稍小点的枝杈，屁股朝上。"猛男"从树干阴面攀到"美女"原本待着的地方，啥也不管了，就将整个身子压上去。"美女"则沉静多了，四肢抓牢枝杈，嘴巴抿着，不敢生一点大意。她清楚自己承领着"心上人"的重量和冲击，一旦"失手"，摔下去的是它俩，纵然不死，也得残废。这样旺盛的生命力，只是秦岭大熊猫才有啊。

　　这是有图片为证的，后文有详细交代，这里就节省点笔墨吧。每次看到它们这个浪漫劲，都忍不住生出很多情愫来。

保"族丁"是大事

秦岭熊猫生活条件确实好多了，承领着更多快乐和幸福，却依然面临着自身和身外的种种危机，不能不令人担忧。

大熊猫要面对豺狗、豹子、金猫、狼等天敌。豺狗攻击幼体和年长病弱的熊猫，几乎不费气力，很少失手。

这只熊猫年纪大了，浑身毛发灰暗，牙齿钝化得厉害，咬不动竹竿，只能嚼食一些嫩竹叶。它长久地待在一个地方，能不动就不走，吃在哪，卧在哪，尽量节省体力，延缓生命之灯的熄灭。

这天中午，它坐在竹林里打盹，享受午餐后的悠闲，却被一群路过的豺狗盯上，陷入重重包围。熊猫慌忙挥动前肢，"啪——啪——"两掌，击倒两只冲在最前面的豺狗。豺群顿时乱了阵脚，四散开来。熊猫趁机冲了出去，奔向竹林深处。豺群很快稳住队形，发起新的冲锋。一只豺狗跃到面前，挡住去路。熊猫想掉头，还没来得及转身，豺狗已伸出利爪抓向眼睛。熊猫伸出前肢一掌将其击出两米开外。另一豺猛扑上来，也被击退。就有两豺飞快地跑，抄到熊猫前面，挡住去路，又有三只豺狗匍匐着，从后面慢慢接近。熊猫蹲下来，护住屁股，准备战斗。后面一豺猛地跃上背，右爪紧抓住熊猫肩胛骨，左爪急速伸出，挖出左眼珠。熊猫高声惨叫，滚倒在地，翻转着，四肢乱蹬。前面一豺乘机掏出其右眼珠。熊猫爬起来逃跑，怎奈双目失明，左冲右撞，逃不出包围圈。豺狗们一哄而上，将其肛门抓破，拖出大肠，分而食之。

享受完大餐，豺狗们团在地上，或躺或卧或舔着嘴巴。两天后，它们又开始打劫，不知哪个倒霉蛋会被撞上。这就是命运，就是自然选择的真实再现。屠杀，对一个生命是消失，对于另一个生命则是延续。这样的悲欢大剧，天天在秦岭上演。

如今天敌不多了，熊猫生活得安心快活，只是偶尔会掠过一丝阴影，担忧黄喉貂、金雕伤害宝宝。与人类和其他哺乳动物一样，大熊猫的疾病也分为内科病、外科病、产科病、传染病和寄生虫病，而消化道炎症、肝肿瘤、内寄生虫（如蛔虫、线虫）、癫痫、龋齿、传染病，是秦岭熊猫的健康杀手。大约三分之一的病亡野生熊猫，死于消化系统疾病。

大熊猫是肉食性动物，只是后来改吃了竹子，它们的消化器官和消化酶却没有改变，仍保留着先祖的样子，消化道短，无盲肠，难以消化竹子中的粗纤维素。大量采食竹子而不能消化，易损害肠道，竹节机械剐伤胃肠黏膜，致消化不良、腹泻、胃肠炎，而亚成体大熊猫消化器官机能尚未健全，其影响更加突出。

蛔虫、溶血性细菌也是造成野生熊猫死亡的重要病因。蛔虫病的感染率很高，数百条甚至上千条蛔虫在体内作怪，导致体弱，发育不良，发情低落或不孕，重则引起肠梗阻或穿孔，以及胰腺病变致死。这种病极易重复感染、交叉感染，对圈养熊猫来说，吃点驱虫药就行了，可野生熊猫不是咱家养的猫呀狗的，怎么给服药？秦岭西河地区一只患病熊猫，体内有蛔虫600多条，团结在胃里，堵塞十二指肠和喉部，钻入肺支气管。熊猫沙沙性格暴烈，嘴巴上的伤疤是与豹子殴斗的招牌，却被一千多条蛔虫堵塞肠道送了命。

龋齿病是影响大熊猫生存的严重疾病。熊猫终生食竹，要咬断坚硬的竹竿，对牙齿磨损和破坏非常大，被磨平的齿锋受细菌感染成了龋齿；竹签还会扎伤熊猫口腔，引起发炎化脓，造成进食困难、身体衰竭。野生大熊猫16岁便进入衰退期，咬切竹子的上颌臼齿内侧和下颌臼齿外侧均已磨平，切割咀嚼能力衰退。进入晚年，进食消化能力减弱，龋齿病找上门，折磨起它们的身体和精神。

传染病是一种对大熊猫种群健康和生命安全带来极大威胁的疾病，甚至是毁灭性打击。比如犬瘟热病毒，属于麻疹病毒的一种，最早从犬身上分离出来，犬科、猫科、熊科都可能被感染。传染性极强，死亡率超过80%，治愈率不过20%左右，若是有了神经症状，能保住命的不足5%。陕西楼观台圈养的大熊猫就曾遭到大规模袭击，城城、大宝、欣欣、凤凤、龙龙因此丧命。这里号称全球第三大人工种群，曾拥有大熊猫25只，一下子死了5只，可谓损失惨重。为了"熔断"犬瘟热，三官庙保护站专门养了六只"哨兵犬"。

除过疾患，意外摔伤、被竹签扎伤、打架受伤，引起熊猫肌体病变，轻则致残，重则丧命。

相比野外熊猫，圈养熊猫的疾病又有所不同，新添了与人类相似的"富贵病"。不过它们的生老病死有专人操心，活得很舒服，却少了性和自由。

自身存在生育缺陷，也把它们向濒危之路推了一把。比如生殖器官构造特殊，成功交配不易，生殖器偏小，难以受孕；雌性发情期短，对配偶特挑剔，往往高不成低不就，错过最佳怀孕时机。幼仔发育未成熟，抗病能力差，面临寒冷恶劣的气候、寄生虫传染，以及被猛兽捕食的危险；加之与母体身体过于悬殊，难免发生母亲不慎压死或叼着转移时咬死的悲剧。

熊猫挑竹子做主食，避免了灭绝的命运，却也把自己推向危险的边缘。它们和人类亲近，内部却不团结，时常闹别扭，为爱情、领地吵嘴

"擂台赛"败下阵来　　　　　　　　　　　　（刘小斌　摄）

打架。它们是些拼命三郎，出手狠辣，不留情面。交锋的结果却不甚妙，双方往往都讨不到便宜，一个咬掉了另一个的耳朵，这一个又抓瞎了那一个的眼睛。这还算轻的，严重者若得不到人类出手相助，就只能见阎王了。我国放归的第一只野化熊猫祥祥，就是在与野生同类争夺领地时摔伤致死的。洋县华阳一只受伤的熊猫，左眼患白内障失明，鼻梁外皮有轻微擦伤，右前掌背、左前腿和胸部有皮外伤，背脊柱、臀部、双下肢没有知觉，两下肢不能动弹。科研人员判断，这只熊猫可能是为争"女友"打架造成的下半身瘫痪。

　　天敌、疾病、遗传、食源、内斗影响着熊猫的种群数量，却非最主要因素。它们生存的最大威胁来自人类：交通、能源、房屋等基础设施建设，砍伐、割竹、放牧、采药、人为干扰等人类活动使栖息地日趋减少甚至消失；偷猎、捕捉、抢救后圈养，则影响野生种群的繁殖数量，最终导致大熊猫"族丁"不旺，香火难继。

　　它们幸运地度过了第四纪冰川带来的食物危机，却不幸地遭遇了人类的贪婪与攫取。正如庞旸女士在《夏勒博士的悲与喜》里所说："自从法国神甫、博物学家阿尔芒·戴维在四川宝兴发现了这一神奇物种，引来的是西方人对大熊猫近乎疯狂的猎取和掠夺。从最早的'熊猫杀手'罗斯福兄弟，到第一个冒充'哈巴狗'把活体熊猫带出中国，在西方引发大熊猫热的露丝·哈克纳斯，到贩卖熊猫最多的'熊猫王'史密斯，西方人早期对熊猫的热情伴随着赤裸裸的血腥屠戮和金钱交易。"事实的确如此。

20世纪50年代初，四川宝兴县供销社每年收购大熊猫皮300张左右；1963年至1993年，从宝兴县捕捉的大熊猫达113只以上。有些人无视政府法令，仍然在保护区及周边地区伐木、割竹、砍香菇和木耳架。更有甚者，有的人继续在保护区和熊猫分布区安放猎具，长青自然保护区曾一次清理出100多颗土炸弹，佛坪自然保护区周边地区十年间有3只大熊猫被猎杀。

还有，几年前犬瘟热爆发，让楼观台的大熊猫遭了罪，至少五只不幸离世，七仔被紧急送回老家佛坪避难。这也再次验证圈养对于"国宝"们不是最好的出路。即使圈养野化成功了，开了"花"，没有好的栖息地，大熊猫放归到哪里，这"花"还不成了"谎花"？

前些年，国营林场砍伐树木后引种日本落叶松，挤压竹类生存领域，加剧破坏秦岭大熊猫栖息地。雍严格奔走呼吁，引起国家有关部门重视，停止在大熊猫栖息地引进和播种，阻止了生态劫难蔓延。但已长大的日本落叶松还在蚕食保护区周边地域。

我听说，娘娘山有大熊猫，准备申报保护区，资料都备齐了，却遇上高铁筹建，要是建了保护区，高铁就没法从这里过了。多方思量，就让环保给铁路让了道。想想熊猫们每每见到这些银白色的铁龙"呜呜"飞过，一阵风似的，能刮倒它们，眼里除了好奇，更多的怕是恐惧吧。它们只好躲往大山更深处，避到没有"呜啦啦"风声的地方。

2016年9月发生的一件事,将大熊猫的命运推向风口浪尖。作为世界规模最大、历史最悠久的全球性环保组织——世界自然保护联盟,发布报告,将大熊猫受威胁等级从"濒危(EN)"下降至"易危(NY)"。国际环保人士盛赞"中国几十年的保护成就,超过世界上任何一个国家""中国为全人类贡献了拯救濒危野生动物的成功典范"。但中国国家林业局并不认同,认为大熊猫所受的威胁及濒危状况仍然不容忽视,一旦降低等级,保护工作出现怠慢和松懈,其种群和栖息地都将遭到不可逆的损失和破坏,已取得的保护成绩很快就会丧失。老实说,这个表态很现实,很清醒。

黄万波、魏光飚在《大熊猫的起源》中说,野生熊猫的遗传多样性在濒危食肉动物中居于中上等水平,是一个保持较高遗传多样性的健康种群,具有复壮乃至长期续存的演化潜力,具有比人们预想的还要好的生存能力。但是,要使一个物种从濒危名单里"脱险",必须保证其种群的整体性、稳定性和物种内在的遗传多样性,三者缺一不可。

胡锦矗、夏勒等中外科学家在《卧龙的大熊猫》中写道:"大熊猫的生存,现在并不取决于自然力,而是取决于我们的仁慈和善意。"我们能为它们做些什么呢?

大熊猫的"脱危"之路,虽然走得稳健顺畅,但我们一点儿也不能掉以轻心,因为影响它们生存的因素依然存在,有的还非常严峻。

秦岭大熊猫的家事

秦岭熊猫是个大家族，究竟分出了多少小家庭？

人类活动以及自然地理因素把秦岭熊猫隔离出 6 个局域种群，自西向东依次为青木川、太白河、牛尾河桑园坝、兴隆岭（兴隆岭太白山）、天华山锦鸡梁、平河梁。兴隆岭局域种群最大，约 277 只，栖息于以兴隆岭梁为中心的太白、周至、洋县、佛坪交界区域；青木川局域种群最小，约 4 只，都在秦岭区域，陕西 2 只，相邻四川与甘肃各 1 只。

小家庭之间，相互隔绝，碎片化严重，加剧了生存危机。宁强青木川、宁陕平河梁连通度较低，前者与其他局域种群相距较远，中间无连通的可能性，遭到彻底隔离边缘化；后者与最邻近的天华山锦鸡梁局域种群最短直线距离 11.5 千米，其间散布着民居、工程、耕地、公路。平河梁隔离风险最大，加之种群数量偏少，灭绝危险增大；而兴隆岭、牛尾河桑园坝、天华山锦鸡梁种群则被 108 国道、太洋公路相互隔离，串门子变得麻烦，不方便。这一点更要引起各级林业部门，乃至国家层面的重视，打出组合拳，把秦岭熊猫从濒危路上拉回来。

尤其是人类活动，对大熊猫幼仔的干扰，危害甚大。幼仔生长期间，人为的干扰使得妈妈远离，或母子频繁迁移，加大了幼仔夭折的风险。熊猫专家吕植说:"母熊猫在取食竹子时,把幼仔留在树上或一个安全的地方,从几小时到几十小时不等。这是一个常见的行为,因此看到熊猫幼仔独居一处并不意味着幼仔被遗弃,这时最好的做法是不要干扰幼仔。"

佛坪自然保护区巡护人员曾在洞穴里看见一只当年出生的幼仔,待在附近进行保护性监测,等了三天,熊猫妈妈才返回。佛坪自然保护区马亦生、曹庆、韦伟等在《秦岭大熊猫保护抢救案例分析》一文中说:"野外发现单独活动的仔兽,往往不是雌性熊猫的弃仔行为。判断是否真正发生弃仔,应做到不要触摸仔兽,远离仔兽,间隔适当时间后再去观察。人为介入熊猫繁殖过程,会造成繁殖过程中断,造成繁殖失败。"我听说,秦岭地区正在发生着这样的悲剧。

佛坪熊猫谷　　　　　　　　　　　　　　　　　(罗红　摄)

我想说的是,把野外发现救助的老弱病残送进动物园、饲养场,让其颐养天年,无可厚非。因为它们对种族的繁衍已毫无意义,只剩下一点观赏价值,何况扶弱济困还是人类的传统美德。关键是不能把那些稍加帮助就能独立生活的成年熊猫及其幼仔、亚成体以"抢救"的名义统统抓进笼子,这是严重破坏野生种群的行为!

我国科学家成功解决了圈养熊猫发情交配难、受孕难、生仔育幼难的难题。圈养熊猫扩大了熊猫种群,这是谁也不能漠视的事实。熊猫是个大明星,熊猫外交还得玩,把二三代圈养子民送出国,不会对野生种群构成威胁。人们在动物园、饲养场领略其风采,还能缓解对野生种群的干扰和压力。

《最后的熊猫》的作者乔治·夏勒说:"熊猫没有历史,只有过去。它来自另一个时代,与我们短暂的交会。"

全世界对于熊类动物的野化和放归,并无成功的案例,一旦习惯于衣来伸手、饭来张口的悠闲舒适生活,就很难适应野外的风雨寒暑,野化之路注定漫长而坎坷。当下我们要做的是让圈养熊猫的生活更舒适一些,自由更多一些,更有尊严一些。

野训大熊猫　　　　　　　　　　　　　　(蒲志勇　提供)

个 性 使 然

曾看到一则熊猫咬伤甘肃文县碧口镇村民的消息：也许是闲得心慌，这只熊猫大摇大摆来到李子坝村闲逛，引来数百村民围观，大大自豪了一把。它兴冲冲走到村民家菜地，与菜地主人相遇，这人没见过熊猫，好奇地愣在那里。它却以为是在故意挡路杀自家威风，遂大怒，咬伤其右脚。

另外，还有四川宝兴一只大熊猫闯入农户家，吃了羊骨头，啃坏菜刀、保温瓶、木桶。四川卧龙一只熊猫吞食下一个盛装饲料的铁盆，金属碎片夹在粪便中排出。

读罢不觉感叹：这甘肃熊猫对人如此不友好，"川派"熊猫实在有些凶猛霸道，还是咱秦岭熊猫温柔良善！

秦岭熊猫性情温顺，不主动攻击人，也不怕人。有时闯入三官庙农家，赶走正在孵蛋的母鸡，把一窝蛋吃个精光，心满意足地开一次荤。它通人性，知道人对它好，一旦有个三病两痛，就向毗邻而居的人家求医问药，消灾祛病。它与金丝猴、羚牛、林麝、野猪们和睦相处，共享同一片蓝天白云、森林河溪。遇到天敌和情敌时，必定奋起还击，毫不退缩，决不"手"软。就拿豺来说吧，凶猛的黑熊、野猪都怕它呢，往往"在劫难逃"，熊猫却不怵火，敢于出手一搏，袒露出温柔中的勇敢。

秦岭山高林密，人们曾以刀耕火种、采药狩猎为生，熊猫皮硬难用，肉粗难吃，又不糟蹋庄稼，犯不着捕杀；保护区成立后，通过宣传教育，人们的生态意识和保护观念提高了；熊猫栖息地与村民耕地呈镶嵌状态，互相经常打照面，彼此见多不怪，相安无事。熊猫本就性情随和，温柔可爱，又觉得人挺友好，胆子就大起来，不攻击人，也不怕人。野外与人相遇，它会谨慎地跑开；若在开阔处相逢，它甚至敢和人套近乎。也许它们知道，这个世界上，人类是关心、喜爱它们的。

佛坪"四剑客"：大熊猫、雍严格、梁启慧、马亦生（曹庆 摄）

佛坪自然保护区的阮世炬、雍严格跟踪过一只叫乖乖的熊猫，它开始见人来，慌忙爬上树躲避，慢慢地不怕人了，溜下树进入竹林觅食，后来钻进一个"人"字形岩洞，用嘴啃咬后肢蜱螨止痒。他们折了竹棍帮着挠痒，它没有反感或生气，侧身卧在石板上。他们大胆地用双手接近它的躯体给它搔痒捉蜱，它也显得很乐意。他们又掰来竹笋，剥掉笋壳，送到乖乖面前，它也不客气，伸出前肢抓住，放入嘴中，细嚼慢咽。

他们把带壳的竹笋递到它嘴边，它张开大嘴叼住，像吃甘蔗一样用嘴捋掉笋壳，左一口，右一口，吃那鲜嫩多汁、味甜可口的笋瓤。乖乖食笋时，从基部开始，他们觉得有趣，故意把笋梢递上去，它娴熟地用两肢倒换过来，贪婪地大嚼起来。他们把竹笋放在石板上，它总是捡取最大的吃，再光顾小一点的。若是带霉酸味不新鲜的或是其他动物取食过的竹笋，它就宁愿挨饿，闻一下就闭上嘴巴。

喂食竹笋　　　　　　　　　　　　　　（蔡琼　提供）

三官庙村民何夷栋从小就与熊猫打照面，他说：有一只熊猫坐在他家房后的石墩上歇气，把他母亲吓了一大跳，熊猫却不慌不忙地钻进山林。冬天来了，它溜进牛圈，把牛吓得落荒而逃，它却安然自得地住在里边，离开好几天后牛还是不愿进圈。三官庙保护站的人说：有一年开春，村民犁地时，一只熊猫来到地旁，像个杂技演员，一会儿打个滚，一会儿爬到石头上表演"平衡木"，一会儿悠然地打瞌睡，待了很长时间才回到山林。

还有一次，村民李红兴、何明智，还有从事大熊猫野外研究的韦博士，给三官庙保护站送物资，走到火地坝时，发现前方30多米处有只黑白花色的动物摇头晃脑地迎面走来，仔细一看是只体态健壮的熊猫。韦博士示意大家停下脚步，给它让路。熊猫也看见了人，稍停了一下，又慢悠悠地往前走，似乎心领神会人意。20米、10米……大家静静地站在步道旁，又紧张又好奇，瞅着它一步步走近。随行的土狗小黑索性坐地观望，驮东西的大红马把头掉转一旁，眯上眼。走到四五米远的地方，熊猫停下来琢磨，思量一番后，转身慢慢走上路边的河道。小黑跟上前，不紧不慢地尾随，目送它隐入对面山坡竹林。

熊猫给人感觉温柔善良，是与老虎、狮子等猛兽相比而言的。毕竟是动物，骨子里依然葆有暴烈、凶猛的本性，有着惊人的"自卫"能力。

潘文石、吕植与向帮发观察竹子　　　　　　　（向定乾　提供）

北京大学保护生物学教授吕植目睹过一只叫杉杉的熊猫，将两个试图用大网捕捉它的年轻山民咬成重伤。熊猫华阳看见吕植手中的相机，怒气冲天，前臂一挥，将一块一百多斤重的石头推下山坡。娇娇与吕植最为相知相熟，孕产期性情很是焦躁，曾抓起一根枯木，放进嘴里一通狠咬，木屑迸溅出老远。有个新来的研究生，曾被娇娇家的"老二"希望追得没命地跑，希望是潘文石他们遇到的脾气最坏的熊猫。

璇璇是一只年轻的雄性熊猫，相貌有些像四川熊猫，脾气暴躁，刚烈凶猛，寄生虫病折磨得它站不起来。农民将它抬到大古坪保护站，关进一间结实的房子，木头窗框上安插着钢筋条。它在里面闹腾着，攀上爬下，见人就抓，没人敢接近，急起来就用尖锐的牙齿啃咬窗框。治疗了20多天还没痊愈，就发情了，欲火中烧的它，有天夜里将窗框啃烂逃回莽莽山林。这是人们没有想到的。本来要把它送到楼观台抢救中心，它却提前逃脱铁笼的羁绊，去追求属于自己的性爱与自由。

一只叫遥遥的8岁雄性熊猫，患有心脏病，叫声大，脾气也大。从三官庙野外抢救回来，不肯打针吃药，见了穿白大褂的医生，更是又咬又抓，曾把值班室的床板、盆子、勺子抓出洞。临死前，没有一点力气，还是不肯让人摆布。秦岭竟有宁死也不接受人类怜悯帮助的熊猫，这种气节与个性，让我想起宁可饿死病死也不领取美援面粉的朱自清。

俗话说人有百性，大熊猫亦然。遥遥的性子太过暴烈，庆庆就温柔多了。它也是在三官庙被发现抢救的，身子复原后，竟然不愿意走了。

熊猫庆庆　　　　　（方敏　摄）

大秦岭"擂台赛"

熊猫个性使然,我行我素,同类间互不往来,过着与世无争的"独行侠"生活。要是在野外看到两只以上的熊猫在一起,要么是母子,要么是发情期间雌雄幽会,要么是鏖战擂台赛的"参赛者"或"啦啦队"。

秦岭羽叶报春花 （曹庆 摄）

每年3月中旬到4月中旬，报春花刚刚绽放的时候，春姑娘迈着轻盈的步子来到秦岭，唤绿山野，唤醒沉睡的黑熊，搅动着大熊猫的心湖。它们唱起恋爱大合唱，或洪亮婉转，或粗暴低沉。雌性将肛周腺分泌出的动情激素，在活动区的树干上通过摩擦肛门留下气味。山风将气味送出去，雄性闻到气味，争先恐后地聚集到雌性身旁。声音也是表达细微性爱的特殊信号，雄性叫声似羊叫，带着颤音；雌性则像狗吠，脆生生的。

雄性动物们大都拥有俘获异性的看家招数，比如许多雄性鸟儿凭着靓丽的打扮和甜美的嗓音。看似笨笨傻傻的熊猫秀什么呢？

雄性们做梦都想着爬上雌性的脊背，为自己留下后代，可这并不容易。头年生育了的，下一年忙着养孩子，只有那些育龄期内没生宝宝或宝宝长大的雌性才接受异性。发情的雌性数量减少，它们的背后通常会跟着几个追求者。谁都想摘取爱情的果子，那么打败挑战者便是雄性的唯一选择。这时，实力与智谋成为取胜的关键。它们先是以声音相胁迫，彼此发出可怕的家狗打架时的吼声。那些胆小体弱或经不起威胁的，只好识相地走开了，却不甘心地发出酷似牛叫的呐喊。若双方觉得个头差不多，或恃强逞勇，或抱侥幸心理，一场激战便会就此生发。

熊猫专家雍严格目睹拍摄到4位"男士"争夺一位"美女"的打斗场面。

一个雨过天晴的下午，在李家沟传来熊猫叫声，空气里弥散着熊猫发情期特有的类似巴氏消毒液的气味。利用树林做掩护，他们架起摄像机和照相机，透过树叶仔细观察拍摄即将上演的秦岭大熊猫"擂台赛"激战情景。雌性熊猫爬在油松树上，默默观战；约莫两岁大的幼仔，趴在旁边树上酣睡；树下，两只体型相当的雄性怒目而视，不时发出低沉的吼声；不远处，两只头部受伤、淘汰出局的雄性卧在石台上，发出牛叫的声音，久久不愿离去。

秦岭大熊猫"擂台赛" （马亦生 摄）

突然，一阵骚动声传来。树下那两只雄性凶猛地撕咬成一团，酷似狗打架的声音传出老远。树上的美人不断发出山羊般的叫声，像是"啦啦队"在鼓劲加油。树上酣睡的小宝宝被吵醒了，好奇地看着父辈们决斗。战斗进行了十几分钟，失败者沿着山坡逃去，观战的两只雄性也知趣地走了。获胜的勇士面向美人发出"咩——咩"的颤音，声音极尽温柔。美人见勇士取胜，"哧溜哧溜"下了树，一路小跑过来，围着勇士转圈撒娇，情意绵绵地伸出粉红色舌头，轻轻舔舐对方鼻梁上的伤口。过一会儿，美人掉过头将两前肢搭在坡下树干上，尾部翘起朝向坡上勇士。爱情之火熊熊燃烧，勇士迫不及待地将两前肢搭上美人背部，双肢紧紧抓住背部皮毛，下腹狠劲靠近尾部。可能是位置和交配角度不合适，它很快离开美人向坡上走了3米，美人哼叫着也向坡上移动，再次头朝坡下，尾部翘起，勇士再次将前肢搭上美人背部哼叫着坠入爱河。66秒后，勇士前肢搂住美人腹部，让美人尾部蹲在其下腹部，呈坐姿胶着状。持续105秒后美人脱离开，回头对着情郎哼哼唧唧，似乎欲意未尽。勇士接连打败3位"情敌",又是一番云雨,早已体力透支,靠在山石上大口喘着粗气。美人爬在勇士跟前哼叫了一阵,失望地爬上先前的树干,不断发出叫声,意欲再次征婚。勇士是有心无力了,却不让其他公猫靠近,挣扎着站起身围着那棵树转来转去,发出激烈的威胁声,只为捍卫来之不易的爱情。

这对勇士和美人的爱情之路算是顺利的,而秦岭里另一帅哥的情爱之路可以说是相当坎坷。为赢得美女芳心,帅哥在树下苦苦守候了九天九夜,还打败一情敌,用血泪和汗水谱写出一曲感天动地的爱情之歌。

"竹林隐士"平时独来独往,与同类漠然相处。到了交配季节,雄性变得活跃起来,开始追逐雌性,不顾一切地追求。要想打动"心上人",必须打赢擂台赛,才能享受爱情的甜蜜与幸福,留下后代,延续家族血脉。爱情是自私的,也是排他的,雄性间的争斗往往很残忍,很血腥。

雄性为性爱进行竞争,看似残酷,却是最好的生存策略。它们是把最强壮、最聪慧的基因遗传下来,确保种族健壮强盛。要是让那些体弱、呆笨者享有"性"福,将会与雌性生出更加呆傻的后代。这些先天有缺陷的孩子,哪经得起大自然的无情筛选,必将成为下一个走向灭绝的物种。

这是自然搭配的结果,比起某些物种的性贪欲、性暴力,那是纯洁干净得太多了。

熊 猫 爱 情

　　谈情说爱、生儿育女，是人类的大事，熊猫亦然。熊猫长到一定年龄时，就要进行婚配繁殖，找个对象，谈个恋爱，怀个宝宝，生个孩子，做一回幸福妈妈。

　　野生熊猫一般会在"擂台赛"上择偶，而圈养雌性是"拉郎配"，没有竞争，却讲究缘分，看不上或年龄悬殊，即使欲火中烧，也要强忍饥渴，绝不苟且敷衍。若是彼此相中又同处发情高潮，便是干柴遇烈火，狂热地拥抱亲吻，翻滚嬉戏，酣畅淋漓。若有雄性不知趣或太急迫，尽管情热似火，雌性却坐怀不乱，甚至大发脾气动粗手，轻则躲避呵斥警告，脾气暴躁者扇耳光撕咬，后果就颇多不妙。一只叫波波的雄性莽撞求爱遭对方咬伤下体，导致一个睾丸被手术切除，方才保住命根和"性"福。性的满足变成一种没完没了的身心折磨，雄性必须把自己的本事炫耀出来，那就是力量、灵巧、勇气、智慧与耐力。只有赢得美女芳心，才能哄得她乖乖投怀送抱。

　　然而，上天又给出另一种安排。娇娇生得漂亮性感，春情萌动时，招惹来好多爱慕者，有的年轻力壮，有的衰老体弱。大豁年纪大了，腿脚不灵便，鼻子打架时被抓豁了一块，破了相，毛发皱巴巴的，很不鲜净。它是凑热闹的，哪知撞上了十辈子修来的福分和好运，被美女看上了。不知娇娇是花了眼，还是生了怜悯，竟然把绣球抛给了它。

这是对"壮男"们最大的嘲弄和侮辱，它们愤怒了，大声吼叫，狂跳起来，把一根根拇指粗的竹竿咬断，仿佛那些竹竿就是大豁。娇娇冷冷地看着，铁了心，轻手轻脚地走向心上人，塌腰抬尾，"咩咩"地山羊叫，软语款款。也许它认为，爱情讲不得般配，彼此适应便是最好的。大豁活到了这把年纪，啥事没经历过，丰富的经验是比一味蛮干更要紧的。

成年大熊猫　　　　　　　　　　　　　　　　　　（曹庆　摄）

野生熊猫性成熟较圈养个体延迟1~2年。秦岭大熊猫雌性6.5岁初发情，7.5岁性成熟可受孕；雄性一般晚一年，才能产生出正常精子。雌性在每年春季发情，有个别在秋季，但表现不太明显，也极少能如愿。全世界只有一只日本圈养熊猫是在秋季发情产仔。只有12~25天，高潮期仅2~7天，平均3天，错过短暂的几天就得等待一年。来临前1~2

周，雌性外阴、乳头肿胀，颜色变红，开始烦躁，减少食量，做标记，不停咩叫。到了高潮期，雌性站立不动或后抵，举尾露阴，不住咩叫，主动接近雄性，脊柱前凸，腰部下沉。这是典型的待配行为。

要是交配成功，妊娠期4～6个月，大约122～197天，而受精卵在母亲子宫真正生长发育只有约45天。潘文石教授由此以为，大熊猫在进化过程中形成一种特殊的繁殖策略，即依靠缩短怀孕时间和生下"早产儿"，保障母亲的健康和胎儿的生命。

雌雄双方看似海誓山盟、至死不渝，实则却是"露水夫妻"，不等度完"蜜月"，便翻脸不认识，各走各的路，他乡再遇已是陌路客。也许，对雄性来说，交配的唯一目的是满足欲望，以后的事与自己没有关系，它才不做梁山伯呢。生养宝宝完全是妻子的事，真是个极不负责的丈夫和父亲。

这倒叫我想起人类的婚配方式，传统的"父母之命，媒妁之言"，往往抑制了人的天性，引发一些贾宝玉和林黛玉式的悲剧来。中华人民共和国成立后，国家实行恋爱婚姻自由，顺应了人的本性，是人性张扬的极大进步。大熊猫也是重个性的，追求自主恋爱成家，反感"家长式"的强制做派。

我这么说，当然也是有依据的，中国大熊猫保护研究中心的科研人员，通过观察得出结论：两情相悦的熊猫发生交配行为的频率是那些互不搭理者的两倍，自由恋爱的交配成功率明显更高，繁殖能力更强。为此，美国圣地亚哥动物园专家马丁·温特尔在《自然通讯》发文呼吁，这种家长式的"拉郎配"该改一改了，让熊猫们自由恋爱吧。

母系种群，熊猫情真

熊猫妈妈难道不是天底下最辛苦的妈妈吗？

绝大多数动物选择一年中食物最充足、天气最适合幼仔生长的时候产仔。北半球，春天是产仔的时节，不是怀孕的时节。熊猫的发情交配恰恰相反，春季怀孕，秋季产仔。幼仔发育未成熟，抗病能力差；气候寒冷恶劣，被寄生虫传染，遭猛兽捕食；与母亲身体过于悬殊，被母亲不慎压死或叼着转移时咬死；熊猫爸爸极不称职，只生娃不养娃。这些都加重着熊猫妈妈养育后代的担子。

熊猫居无定所，哪里黑了哪里歇，常年过着流浪汉式的生活。只在发情期才和雄性熊猫幽会，结下爱情的果子。雄性只管享乐，不承担作为父亲的一点儿职责，刚交配完便去云游四方。雌性只好独自承受分娩时的喜悦与痛楚，用圣洁的母爱含辛茹苦地抚养孩子，孤儿寡母相依为命，真是我们想象不来的艰辛。临产前夕，母熊猫结束流浪，选择一个安全隐蔽的树洞或岩洞，衔来树叶、干草、苔藓铺在里面。临产时，它几乎不吃不喝，甚至干脆弃食，静心等待幼仔出世。

每年8月—9月间，可爱的小熊猫宝宝啼哭着来到这个世界上。除有袋类动物外，母体大的，生的幼仔也大，熊猫却是个例外。刚出生的幼仔是个胚胎，全身粉红色，生着稀稀拉拉的白色胎毛，连眼睛也难找见，就是个"发育不全的早产儿"。

这个季节，高山寒冷多雨，熊猫妈妈没法同时给两个宝宝取暖，叼着它们走动，也没那么多奶水哺乳，只能把全部心思和精力用在一个孩子身上；常常对第二个孩子不管不问，任其惨叫哀号，直至生命之灯熄灭。这是由严酷的生存法则所决定，也怪不得熊猫妈妈。但世上也有英雄妈妈，雍严格就在秦岭山里见过熊猫妈妈同时养育带大两个熊猫宝宝。

这么弱小的生命，急需母爱的精心抚慰，不能压着、冻着、饿着，叼在嘴里不敢咬着。熊猫妈妈绝对是伟大而无私的模范母亲，宝宝出生一周内，寸步不离洞穴，不吃不喝，用前肢搂着，不停地用舌头舔抚。妈妈用前肢搂抱，使其爬到胸前吮奶，吃完一边后，再用前肢托住，以嘴相助，将其换到第二个乳头。吃饱后，妈妈用前掌和嘴并用，将宝宝抱起，轻轻舔宝宝的肛门，刺激排便，还把排出的粪便吃掉。

大熊猫爱仔 （雍严格 摄）

突然遇到危险，熊猫宝宝会发出响亮的叫声。妈妈闻声赶来，把敌人赶走或是叼着宝宝转移；万一脱不了险，就豁出命来抵抗。大熊猫专家雍严格说，熊猫幼仔发出叫声，妈妈多在两三分钟内赶到，接近洞口时先停下来观察，看到其他动物在洞口，猛冲上来，瞪着双眼威胁。发现人在附近，它会很快赶到洞口叼起宝宝逃离，然后将宝宝藏起来。有时在洞外突然见到人，会朝洞穴反方向跑去，走一段停下来看看，人走近时再走，绕个大圈子回到宝宝身边。熊猫妈妈是在巧妙地转移目标和方向以将人引走，玩的那是"金蝉脱壳"的智谋。

佛坪自然保护区党高弟与同事在大雪天巡山，走到三官庙溜石皮沟，看见石洞里住着一对熊猫母子。幼仔躺在妈妈怀里，不安分地抬起头，睁大小眼珠打量他们。妈妈一次次按下宝宝的头，却挡不住它的好奇，想翻过妈妈的背。妈妈就把它抓到自己的脊背后面，一连三次，惹怒了妈妈，发出"咝咝"的威胁声。

熊猫宝宝吃妈妈的奶，妈妈要吃东西才有奶，就得外出觅食。离开前，先在附近察看一番，确认没有危险，还咬断一株带刺的灌木，拖来挡住洞口。妈妈进餐回来，急急把灌木移开，匆匆给宝宝喂奶，生怕饿着了小家伙。

雪地里，小家伙爬上妈妈脊背，让妈妈背着走，这么暖心的场面让熊柏泉逮住了，他赶紧用镜头记录下来。熊柏泉是佛坪西河保护站站长，一个雪后的中午，他们在山林里穿行巡护，突然看见一对熊猫母子在雪地里亲昵，打滚玩耍。后来，熊猫妈妈沿山坡向上缓慢走去，小家伙顽皮地从屁股后面爬上去，抱住妈妈前胸部，让妈妈背着自己踏雪行走。这家伙已经不小了，是不是太顽皮了，有些不懂事呢？雪地难行，它就不怕压坏了妈妈？可妈妈甘愿受累，人家母子间的事，我们最好闭嘴，身边溺爱孩子的人还少吗？

熊 猫 教 子

　　动物教子之道都很严格，对自己的孩子宠而不溺，讲究方法。熊猫妈妈爱孩子，却从不娇惯，手把手传授孩子一整套爬树、取食、过河、逃生本领，培养它们独立的生活能力。等孩子成年后，还要强行赶走，让其自谋出路。

　　熊猫幼仔4个月大时，体重约8千克，变得活泼，会打滚。调皮时，爬到妈妈背上，妈妈开始教宝宝生存技能。爬树是熊猫宝宝的生存第一课，更是必修课。北大教授潘文石观察过秦岭熊猫娇娇教儿子虎子爬树的情景：虎子5个月时，可以自由行走，体重也到了10千克。这天娇娇把虎子拽到一棵松树前，从它的鼻腔里发出轻柔的嘘声，用鼻子把宝宝拱到树干下面，示意它往上爬。虎子显得笨拙，但它很勇敢，一次次尝试，终于如了妈妈的愿。

　　幼仔易受天敌伤害，爬到树上安全多了。成年后，遭遇豺群，要是没有胜算几率，"噌噌噌"几下上了树，还不把那些"邪恶之徒"活活气死。

　　娇娇还采用逐渐减少哺乳次数，来培养孩子的独立捕食能力。娇娇选择高大坚硬的巴山木竹，从根部咬断，把它平放在地上，让宝宝吃到顶端最鲜嫩可口的竹叶。虎子牙齿还不锋利，咬不烂竹叶，只是玩耍般地抓着竹子啃咬。当它越来越感到饥饿时,掌中的"玩物"不知不觉间便成了张口即可享用的食物。这时虎子半岁了,长出门齿、犬齿、前白齿,能吃竹叶,体重达到 13 千克。

虎子 1 岁时,体重增至 30 千克,和妈妈一起走进巴山木竹林。妈妈刚一坐下,虎子便过来寻找乳头。这一回,妈妈不许了,伸出前掌,把孩子推得远远的,迫使孩子坐下来,咬竹啃叶。妈妈让儿子坐在身旁学习吃竹子的技巧,儿子模仿妈妈的样子,用左前掌抓住一株低矮的竹子,把它弯过来,送到嘴边,用牙齿将竹叶一片片咬下,积累在嘴左角成一小撮;再用右前掌把竹叶卷成一个筒状物,像吃"煎饼"一样,一口一口送进嘴里咬啮咀嚼。

秦岭里边河流多,遇到河宽浪高咋办?熊猫妈妈训练幼仔习得过河诀窍,会帮它们渡过难关。佛坪自然保护区科研人员曾目睹熊猫妈妈教幼仔过河的场景:熊猫妈妈在鹅卵石上跳来蹿去,行动甚是敏捷,腾腾几下就过了河,站在一棵桦树下,昂起头,发出像狗一样的低沉的吼叫。不到两岁的宝宝应声而来,从竹林边径直走到河畔,用前肢拍打水面试探深浅,四肢踩上一块凸出水面的石头,身子团成一个足球,紧张地搜寻下一块落脚石头。乱石突兀,水流湍急,漫过好几处鹅卵石。幼仔几次尝试都失败了,有一次还差点掉进水里,吓得连忙退到岸边,无助地蹲在地上。

熊猫妈妈在河对岸紧张地看着,眼见孩子过不了河,焦急地返回来,与宝宝头碰头呢喃细语,像是教授过河秘诀,宝宝时不时发出"呜呜"声。妈妈决定领着孩子过河,一边走一边回头望,不断地鼓励。宝宝还是胆怯得很,妈妈过去了,它却从河中间转头退了回去。反反复复好几次,妈妈终于发了脾气,坐在对岸石头上尖声吼叫,严厉训斥。宝宝见妈妈发火了,吓得缩成一团,再也不敢马虎了。小家伙站在河边足足半个小时,苦苦思索,最后沿着妈妈蹚过河的地方,踩着妈妈踩过的石头,小心翼翼地渡过难关过了河,蹦蹦跳跳来到妈妈身边。看到宝宝的成长进步，妈妈高兴极了，抚摸着宝宝湿漉漉的毛发，头碰头，嘴挨嘴，一个劲夸宝宝聪明勇敢。

胡锦矗教授的观察研究结论表明：熊猫长到1.5岁以后要离开母亲生活，雄性亚成体有可能留在旁边，也可到其他熊猫巢域活动，雌性亚成体却必须主动或被动地离开妈妈，寻找自己新的家园。初次离开妈妈，进行一场非常艰辛的冒险出行，独自应对大自然的种种不测。但母子俩都没有办法，几百万年来，祖先们都是这么做的。也许，它们晓得寻找新家园对自己好处多：一是促使它选择环境比较良好的地域，找到足够多的食物，扩充栖息面积；二是可与相距较远的种群进行繁殖，防止近亲繁殖基因退化；三是扩展栖息地生态，免除部分栖息地因竹子开花枯死和诸如传染病、气候变化、地震、地质灾害等造成种群灭绝；四是在一个稳定栖息地上保持种群数量稳定，避免因种群数量过度增加或减少带来食物短缺或生态失衡。

熊猫妈妈每三年产两胎，宝宝长到一岁半时，妈妈又要举行"擂台赛"，生育下一代。它会毫不留情地赶走孩子，甚至动用武力，强迫它加入其他群体。秦岭大熊猫研究专家雍严格亲眼看见那只叫秦亚的熊猫一岁半了，不思进取，厚着脸皮，想吃奶和妈妈亲昵。这个毛病惯不得，妈妈先是用声音威胁，见孩子不理识，还往跟前凑，顿时来了气，一巴掌拍到孩子身上。秦亚跟跄着，退后了三米，才没摔倒。妈妈动了真，孩子怯了胆，一瘸一拐地迈开步子，还不断回头，看妈妈神情，琢磨妈妈的心思，见妈妈一副冷冰冰的模样，这才慢腾腾地走远了。

与秦亚妈妈做派不同，另一只熊猫妈妈就处理得很仁慈。雍严格目睹它带着孩子沿着"猫道"上光头山，后来孩子长大了，妈妈要谈恋爱，想让孩子离开。小家伙聪明得很，不用带领也能寻着妈妈的路上山。第二年，妈妈悄悄避开孩子，选择另一条道上山，孩子还在重复老路。妈妈很轻易甩掉了孩子，没有呵斥，没有暴力，真是聪慧伟大极了。

"游泳健将"困河中

谁能想到,号称"游泳健将"的大熊猫竟然叫西河的水困住了。

那年9月19日,上午10点多,大古坪村民杨从章在西河边地里干活,突然看见一只熊猫从西边山坡上晃悠下来,经过地边没有停留,继续摇头晃脑地向东走去,离他最近时仅20来米。大古坪这儿,村民经常能撞见熊猫,根本不用惊奇。熊猫看起来也不像有病,他也就没有在意,继续干活。大熊猫也没留意他,慢悠悠走到河边,下河向对岸走去。因为刚下过几天雨,突然河水猛涨起来,河面宽达40多米。不一会儿,熊猫走到河心一块圆锥形大石头前,见水流太急,就爬上石头。水花飞溅,溅到它的腿上、肚皮上,它站在石头上,努力稳住身子,四处打转,寻找下水处。见熊猫过河遇上了困难,杨从章赶紧跑过去,立即打电话给村支书吕国友。

西河那地方离村子也就一千多米,吕国友和保护站的工作人员很快赶来,仔细打量,准备设法救助。受困熊猫有60多千克,毛色油亮,黑白分明,背部、肩胛部位有掌状抓痕,说明是只雌性大熊猫——熊猫交配时,雄性大熊猫从后边爬上去,把前爪搭在雌性大熊猫背上,用劲大了,就会被抓伤。大熊猫天性怕热不怕冷,水性好,皮毛厚实,耐得住

熊猫困河中 （李杰 摄）

冰雪。可不知为何，那会儿它就被水拿住了，也许是缺少经验，也许是脑壳瞬间发了昏。它不时用爪子试探四周，想下水过河，最后却退缩了，四肢和下腹部毛已被河水浸湿。要到河对岸还有十七八米，水流很急，一个浪撵着一个浪，最深处将近 2 米，人们无法下河救助。吕国友他们站在河对岸，向后退了一点，做出不惊扰的举动，一边观察，一边商量。熊猫转过来，扭过去，没有原路返回的意思，还不时地瞅瞅他们，仿佛在犹豫，在思考，在求助。

　　吕国友他们思量了一阵，想出一个法子，捡起几块小石头向熊猫附近抛扔，提示那地方水浅、水底有石头，引导它向南边河道窄、河石多的下游转移。起初，见到身边飞过的石头，它有些惊慌，以为是有人要攻击它。可很快它发觉石头抛扔的地方水不深，有露出水面的石头，便于落脚歇气。它的聪明镇静一下子被激发，明白了人们的用意，然后走下河石，扑进水里，向下游奔去。天晴得舒坦，阳光很敞亮，只见它一会儿探石迈步，一会儿四脚划动。碧波里，起起伏伏着一个黑白分明的身子，向下游河岸一点点靠近。

熊猫奋力游向河对岸　　　　　　　　　　　　（李杰　摄）

以前只听说熊猫会游泳，这次亲眼见了，大家由不得惊叹起来。历经一个多小时，得了人们的爱心相助，大熊猫连走带游了20多米，水淋淋地上了岸。

人们松了一口气，却没有立马离开，继续看着它下一步如何打算。它站在河岸，毛发紧贴着肉皮，带着一身水，不停地淌着水珠子。过了不久，它从容地俯身，抖掉水珠，扯开了腿脚，没走几步，又停下来，左右打探一阵，掉转头望了几眼"恩人"，这才绅士般向山坡晃去。

国宝叩门，求医问药

人受伤或生病时，有的不用吃药就能自愈，而更多的是进医院找医生。熊猫有了伤病咋办呢？在漫长的进化过程中，熊猫们练就了一身硬功夫，还能给自己治病呢。熊猫的常见病有肠胃炎、蛔虫病、皮肤病、龋齿。熊猫感染蛔虫，胃里灼热，就到河里喝水，缓解胃部不适。熊猫受了伤，用舌头舔舐伤口，把唾液涂抹在上面——唾液能消炎、杀菌、抑制病毒；它们还会到低山区活动，那里气候温和，方便饮水，更省力气。不过它们更注意疾病的预防，平时吃一些野当归、泽漆、川芎，这些植物有药用价值，可以防治疾病；也舔食含硝盐的土，获得一些身体必需的微量元素。若是一般的病痛，熊猫就这么扛过去了；但要是严重了，它们也是束手无策，有的听天由命，有的便向人求救。

秦岭熊猫通人性，有个三病两痛，就向毗邻而居的"好心人"求医问药，消灾去疼。

一只叫芳芳的雌性熊猫身患重病，卧地不起。保护区接到报告，立即派出抢救小组，乘车到凉风垭，赶夜路走了十多公里山路到达牌坊沟，将其抬回三官庙保护站抢救。

芳芳患齿槽骨膜炎、寄生虫感染、肠胃病，病情严重。保护站的专业工作人员对它进行了精心的治疗：先是捕捉身上的寄生虫血蜱，接着手术拔掉一颗妨碍咀嚼的牙齿，还用营养丰富的精饲料和竹笋调理其饮食；待其体质有所恢复后，又用驱虫药打蛔虫。芳芳一天天好起来，吃得多了，身体也强壮了。一个阳光明媚的日子，保护站职工给它供应了最后一餐饭，打开圈门，请它回山林。它和人有了感情，不大愿意离开。雍严格用它最爱吃的甜奶粉引逗，一遍一遍地招引，它才恋恋不舍地走出圈门，回过头，又用前爪抓了几下门，以示感谢和告别。附近村民也赶来送行，院子里热热闹闹。芳芳迈着碎步，蹀过院内一片菜地，越过小溪，穿过草坪，蹚过小河，钻进密林。

一个半月后，美国哥伦比亚史蒂芬斯女子学院院长桑普森博士来了，雍严格陪着客人辛苦奔波五天，终于见到漂亮温柔的芳芳。那一刻，五十九岁的女院长激动得浑身发抖，一下子拍摄了四十个胶卷。她兴奋地说："我这次是专程来野外看熊猫的，我原来担心见不上，现在不但见上了，还照了这么多相片。我回去以后要向我的朋友和家人介绍，组织更多的人来这里观赏熊猫。"

六个月后，芳芳又病了，精神不振，牙生龋齿，身上爬着很多寄生虫，极度消瘦。病倒后首先想起了"恩人"，自动跑回来。保护站的工作人员给它服用药物，注射青霉素，喂食大米稀饭、奶粉、白糖，还用给妇女补身体的当归、丹参、天麻炖母鸡为其补充营养。这次芳芳病得重，连续几天治疗不见好转。

保护站的工作人员心急如焚，查资料想办法。唐新成医生每隔一小时为芳芳检查一次，彻夜不眠。芳芳上吐下泻，呼吸困难，出现脱水，生命垂危。保护区领导鼓励唐医生大胆实验，县上还请了两位兽医前来会诊。几千毫升液体由芳芳的前肢输入体内，两天两夜的紧张抢救，终于把它从死亡线上拽了回来。

一只叫庆庆的熊猫身患重病，卧在三官庙村民唐华秀家门前。唐华秀赶紧跑到保护站报告，保护站的工作人员紧急施救。庆庆痊愈后，放回野外。我后来见到唐华秀，她说，好几只生病的熊猫都是村里人撞见的，他们把熊猫看作吉祥物，庆庆是自己跑到她家门前的，她家那年还真是干啥成啥。

人工喂食　　　　　　　　　　　　　　　　　（邰宗武　摄）

一只叫大顺的熊猫病得奄奄一息，躺在原洋县华阳林场采育一队的灶房附近。人们将它转移进房子，熬稀粥喂，它勉强吃了一点。那时北京大学潘文石教授在华阳研究熊猫，赶紧对大顺进行精心治疗。恰逢布什动物园主任吉瑞·兰兹和兽医约翰·奥尔森来到潘文石的驻地，也激动地一起参与为大顺进行治疗。大顺伤口开始愈合，食量大增，身体恢复得很快。或许是对人类产生了依赖和信任，或许是自感年迈体衰需要人类帮助，大顺放归后天天游荡在农舍田园附近，就是不肯回山林。两周后，大顺再次犯病，体温偏低，极度饥饿，又跑进村子，卧到村民屋檐下等待救援。

吃竹子的食肉动物

大熊猫最特殊之处，就是食性了，它们已高度特化为吃竹子，成了肉食类动物中唯一吃素的"和尚"。

竹林茂密，不易穿行，老虎、豹子在里面行动不便，不易捕食。也许，从始熊猫开始，它们就知道隐居竹林，既安全又闲适。熊猫的肠子却没有随之进化，吃竹子的熊猫分类还在食肉目，依然保留着食肉动物的长度，比食草动物短，也没有食草动物既可贮藏又能反刍的胃。它的牙齿没有食肉猛兽那样尖利，只是朝着切竹子方面发展。有3对门齿，不发达也无切割能力。吃竹子主要靠大牙臼齿咬断。这种臼齿型不同于熊类，磨面异常宽大，齿根也加长且增强，一定程度上保留了祖先食肉的咀嚼能力。

熊猫家族躯体逐渐增大，愈加富态，体型比祖先始熊猫和早期熊猫大一倍多，只是嘴和腿短了些。身体的增长，也与食性密切相关。竹子营养比肉类营养低得多，身躯增大可减少体表面积和新陈代谢率，减少热量的散发和能量的消耗，更好地适应高山寒冷潮湿的气候。

竹子营养成分少，体内存留时间又很短，来不及吸收就被排出体外。为适应生存，熊猫"修行"得道，有了应对法宝，狠着劲多吃快拉，吃饱就睡，醒来就吃，以维持庞大身躯的能量需求。熊猫也并非完全意义上的素食"和尚"，不必遵守吃斋不吃荤的清规戒律，有时吃一些野当归、木泽、川芎补充营养，防治疾病；舔食含硝盐的土，获取身体必需的微量元素；也吃其他动物尸体，甚至舔食行人遗弃的衣服汗渍。要是在竹林遇上竹鼠，会仔细找洞，用前爪拍打地面，迫其出洞，一把抓住，玩一番猫捉老鼠的游戏，这才慢慢地享受美味。

雪地食竹　　　　　　　　　　　　　　　（吴康　摄）

别看熊猫样子憨笨，鼻子特灵敏，嗅闻到竹鼠的藏身洞穴，嘴对着用力吹气，用前爪使劲拍打洞穴，将竹鼠震出来。抓住猎物竹鼠后，并不着急进餐，先在地上逗玩一阵，左掌摸摸，右掌拍拍，吓得竹鼠昏死过去。待它苏醒过来，感觉自己还活着，便打起逃跑的主意，一点一点地悄悄挪动。竹鼠以为自己做得隐秘，瞒过了敌人——熊猫，哪知熊猫是逗它玩呢。这时飞快地伸出手掌，把它又抓回来，开始新一轮的"游戏"。

竹鼠　　　　　　　　　（曹庆 摄）

竹子是大熊猫的命根子，一时半刻离不得。所幸在四川、甘肃、陕西三省有60多种竹子，生长在凉山、大小相岭、邛崃山、岷山和秦岭山脉一带，一丛丛，一簇簇，一片片，常年茂盛，为其供应着吃不完、用不尽的爽口食粮。那里的竹子分布广，生长快，产量高，虽说营养成分低，但一年四季常绿，食源竞争对手很少，大熊猫的食物选择真是太聪明了！

这也支持了潘文石教授的结论：竹子开花、枯死，不会饿死大熊猫。他认为，即使一种竹子开花了，大熊猫也很容易找到替代食源，除非几种竹子同时大面积枯死。即使栖息地竹种单一，大面积枯死后，它们仍能取食到大量残存的竹子。他的观察结论是：秦岭大熊猫每年对竹林的实际消耗量不超过某一种竹林当年生长量的2%。何况大熊猫已存在800万年，就算竹子60年开花一次，至少也经历了13万次"饥荒"，可它们依然活得健旺，精神头十足。

自然选择的力量，无比巨大。对于熊猫来说，生存是第一要务，好比于国人而言，稳定是压倒一切的大事。上帝回馈熊猫最要紧的，是让它们活了下来，活成了"竹林隐士""大胃王"，活成了国宝和国际巨星。

竹林隐士"大胃王"

熊猫虽说是在进化过程中改食性为素食主义者,可历史的胎记却是改不了的,好比乌鸡是乌到骨子里的。熊猫仍然还在食肉目待着,保留着食肉类消化道结构,胃容量小,无盲肠,肠道短,约为体长的6倍左右,而食草动物消化道通常为体长的15倍,甚至达到25倍。竹子能量很低,纤维素、半纤维素和木质素占到70%～80%,蛋白质、脂肪和可溶性糖仅为20%～30%。

消化道短了,食物滞留时间就相应变短,竹笋约5小时,竹茎约10小时,竹叶约14小时,还没来得及吸收便已排出体外。熊猫采取的对策是快着吃快着拉,狠着劲吃,站着吃,躺着吃,走着吃,边吃边排便。吃饱了便睡,懒洋洋地睡觉,躺着睡,仰着睡,侧着睡,蜷成一团睡,尽量降低体能消耗,醒来再吃。大冬天也得为嘴巴忙活,没法像黑熊那样睡个长长的懒觉。

大熊猫食量惊人,那它一天能消受多少竹子?

熊猫专家雍严格观察过,成年熊猫每天花12～14小时进食,消受43公斤去壳的竹笋,而人工喂养的日进食量能达到76公斤。它们不是貔貅,通常边取食边排便,每10～15分钟一次,1～3团,纺锤状,两头尖，中间粗，闻起来香香的。在其休息的地方，常见十几团甚至三四十团，散乱地堆积着。熊猫食竹叶每天排便120多团，食笋可达180团，平均日排便100团，每团重约200克，平均每天20千克以上。大熊猫是一辈子忙了个嘴巴，吃饭占用时间太多，没空冬眠，也少有闲暇时间搞社交，除过繁殖期、养育子女外，素常不与异性或同类来往。

竹林隐士　　　　　　　　　　　　　　　　　　（蔡琼　摄）

素食主义的熊猫，向来不过食草动物的群居生活，而是像虎、豹一样独来独往，淡泊寡欲，孤芳自赏，就像是"竹林隐士"，平时独来独往，与同类漠然相处。只有在发情时候，雄性才一改素常的绅士风度，为爱情和尊严，搏斗厮杀。

平时不显山露水，一副蹒跚笨拙的模样，真正跑起来快得很，还善于爬树。素常温文尔雅，与世无争，柔得像只猫咪，野外见人不跑，肚子饿了进农家吃喝，生病了向村民求医问药。若遇天敌侵犯，或为领地、爱情相争，也能放手一搏，既恃强斗狠，又伏高伏低，勇敢起来，那也是不要命的角色——动物园熊猫咬伤游人，扑杀孔雀，野生熊猫闯入峨边县咬死家羊，残留在身上的嗜杀本能让人惊惧；可胆小起来，也有些好笑——这不，秦岭三官庙农户家黄狗，巧遇路上溜达的熊猫，"汪汪"几声，就把个头大过家狗几倍的熊猫吓得躲起来。

其实大熊猫并不怕狗，潘文石教授他们养过一只叫毛毛的大个土狗，一次上山，毛毛发现了熊猫，猛地冲上去，仅仅一两个回合，就被对方重重地扇了一巴掌，打得晕头转向，吃了张狂的亏，长了记性。打那以后，远远地听到熊猫叫声，毛毛就吓得夹紧尾巴，"哧溜"躲到人背后。也许，三官庙这只熊猫学灵醒了，知道黄狗背后有两条腿的主人壮胆哩。

在秦岭里，有一种动物与熊猫一样，也以竹子为食。它叫竹鼠，人们唤作竹溜。前些日子，据说是无意中蹭上了热点"新型冠状病毒"，上了热搜，很是红火了一阵。而对于熊猫来说，撞见竹鼠，那便是美味送上了门。

大熊猫餐桌上99%以上摆放着竹子，但它们也并非完全意义上的"和尚"，不必遵从吃斋不吃荤的清规戒律，偶尔吃点野当归、木泽、川芎，尝些玉米、南瓜、四季豆，以及猕猴桃、山枇杷、野樱桃啥的，舔食含硝盐的土、衣服上的汗渍，偷吃农家猪饲料和人粪便，甚至于其他动物尸体更是它的营养大餐。潘文石教授多次在华阳观察到"娇娇""希望"取食人们丢弃的肉骨头和野猪皮。梁虎成在大古坪看到一只大熊猫在咬食、拖拉一只苏门羚，把肉吃完了，只剩下皮毛连着头和蹄子。梁启慧在牌坊沟看见一只大熊猫捡起个尺把长的老死的羚牛腿骨，坐在地上有滋有味地啃着。

用当下的流行语可以这么说，大熊猫才是个货真价实的"吃货""大胃王"。

物竞天择之道

大熊猫乃是大智若愚、大巧若拙的宝物。老子的年代——春秋末期，熊猫居住分散，东游西逛，想来老子他老人家住在楼观台，天天看熊猫，催生灵感，写出了《道德经》。

熊猫原本食肉的肌体，却来享用低能量的竹子，实在难为它了。从肉食到素食，从杂食到"竹之缘"，熊猫的抉择无疑痛苦而艰难。然而，这一系列痛苦而艰难的抉择，却使它们拥有800多万年的历史，或许还会有更加漫长的明天。

不过竹子糖分含量高，易于引起龋齿病。人们伐竹留下的尖利竹茬，熊猫踩在上面会戳伤脚板。啃咬竹竿时，断裂的竹签会扎进口腔，轻者流血发炎，重则无法取食活活饿死。熊猫选择竹子是避免了灭绝，然而食竹危及食源，又威胁到健康，可谓"智者千虑，必有一失"。这话用在熊猫身上，最为恰当。竹林是它们赖以生存的食物来源和栖息环境，竹林的数量和质量是其分布的决定因素。20世纪80年代初，佛坪竹子大面积开花枯死，动物保护人员在竹子开花地带投放嫩竹、甘蔗、苹果，供过往熊猫食用。

没有法子呀，活着就是最好的理由，就会有最大的希望，就能获得最大的价值。它们就从形态功能、觅食策略、消化策略、空间利用、活动规律、栖息地利用、生理代谢、遗传等方面发生了遗传适应，过程很艰难，却成就了自己。这在"熊猫院士"魏辅文的《野生大熊猫科学探秘》中，有着深入透彻的分析，令人信服。

大多数动物为了生存，常常选择与身边环境相似的颜色，大熊猫也在这么做。"衣着"清淡素雅，黑白相间，夏天林深竹密，易于掩护，毛发又粗又厚实，充满髓质，毛面含油脂，像自带了保温瓶和雨衣；冬天与雪地岩石相混，天敌很难发觉，和人们冬天穿深色衣服，带深色耳套、手套、护膝一样，熊猫这身厚实的"皮袄"挡住了寒气湿气，能使它不染风湿又无需冬眠，还在雪天嚼着竹叶美滋滋睡大觉，把近亲黑熊羡慕坏了。

所谓"物竞天择，适者生存"。熊猫曾是大熊猫-剑齿虎动物群中一个举足轻重的成员。第四纪冰期，气候发生剧变，威武雄壮的剑齿虎、剑齿象、中国犀等上百种成员走到了历史的尽头，大熊猫一下子活成了劫后遗老，而对其演化过程的研究，有助于揭开古气候变迁的面纱。

生物学知识告诉我们，食物链是从植物到食草动物，再到食肉动物，这是向上适应。我们是走到了食物链最顶端，几乎是啥都享用，而与人类发生竞争的大型哺乳动物剑齿虎、大猩猩、秦岭华南虎最后都败下阵来，走向了灭绝。大熊猫是走了一条完全相反的路。我们要佩服它们，懂得自己的斤两，晓得如何自保，知道竹林多得很，根本不愁吃喝，能与它争食的只有竹溜，体弱不说，胃口也很小。只要不与人类争食物抢地盘，就没啥大忧愁了，至于两条腿的家伙咋样对待自己，它们是没有一点办法的，唯一的选择便是退让隐忍。它们有大智慧，深谙明哲保身、大智若愚的处世真谛，亦为达尔文的进化论注入新的时代内涵。

熊猫食竹之谜

大熊猫采食竹竿　　　　（魏辅文　摄）

大熊猫为啥吃竹子？有人说，大熊猫打不过食肉动物，也惹不起食草动物，只好改吃谁也不吃的竹子。

这个观点恐怕经不起推敲。大熊猫斗不过大型食肉动物，但它们本性凶猛，个头又大，一般的食草动物像梅花鹿、麂子、香獐、黄羊肯定不是其对手。这些动物都能存活下来，大熊猫要以广谱草本植物为生，想来生活也不会差的。偏偏只嗜好草本中的竹子，个中缘由只有它自己最清楚。我们知道的只是它们选择了竹子，仅此而已。

由"肉食主义者"转变为"素食主义者"，这个转变非常大，给大熊猫带来的影响亦是多方面的。

上天让大熊猫改变食性，总得给它点回报吧，于是就让它进化出一个特殊部位,那便是著名的"熊猫拇指"。在熊猫前脚掌相对较低的位置冒出个比其他五个指头小的第六指,这种高度特化的籽骨,有单独的肉垫,能像我们的手指那样灵活抓握竹子。熊猫锁骨的灵活程度仅次于灵长类,可以充分发挥四肢力量,完成一些老虎、狮子都无法做到的事。气力还大得很,一只叫华研的年轻雌性熊猫凭借强有力的臂力掰断了笼子的钢筋。中国科学院动物研究所魏辅文院士团队专门进行了研究,其研究成果"为了吃,大小熊猫都进化出了六指",获得了由果壳网与浙江省科技馆合办的科学奖项——菠萝科学奖生物医学奖。

　　上天还给了它们强大的咬合力。熊猫的牙齿没有食肉猛兽那样尖利,只是朝着切竹子的方面发展。吃竹子主要靠大牙臼齿咬断。不同于熊类,熊猫的臼齿磨面异常宽大,齿根也增强加长,保留着祖先食肉的咀嚼能力,咬合力仅次于北极熊和棕熊,可见古人管它们叫"食铁兽"是有来头的。

　　竹林茂密,不易穿行,老虎、豹子在里面行动不便,不易捕食。也许,从始熊猫那个年代起,它们就知道隐居竹林会获得更多的安全与闲适。第一次尝到竹子的味道,就一辈子吃竹子,触发了熊猫前臼齿的变化,逐渐形成便于抓握竹子的前爪籽骨,以及易于吃到竹子而缩短扩展的吻部。

雪地里吃竹子　　　　　　（向定乾　摄）

大熊猫家族躯体逐渐增大，愈加富态，体型比祖先始熊猫大了3倍，只是嘴和腿短了些。身体的增长，也与其食性密切相关。竹子比肉类营养低得多，身躯增大可减少热量散发和能量消耗，得以应对高山的寒冷潮湿。它们只能特别珍惜体力，动作尽量轻柔，能躺着就不站起来。我是多次听人说：大熊猫懒得很！有时我就回应道：懒是我们人类眼里的缺点，而对于大熊猫来说，恰恰是它最大的优点和生存智慧。野生大熊猫吃着粗茶淡饭，它们要节省体力呀。更多时候，我把这样的话当作刮过耳边的风，懒得理识。圈养大熊猫确实无需为食物而奔忙，乐得吃了睡，睡醒吃；野生大熊猫却要用大部分时间来找口粮，竹子营养差，只得多吃多拉少动弹，想着法子节约能量。

佛坪熊猫谷，安安在用竹子"钓"自己　　　　　　（陆晟　摄）

原本是食肉动物的熊猫，不得已改变了食性，却逃脱了灭绝的命运。它们适应环境变化的能力，揭示着明哲保身、大智若愚的处世真谛。我们不能光想着改造自然，也要顺应自然。这一点，我们要向熊猫好好学习。

超级萌宝

还有比熊猫更招人欢喜的物种吗？

山间乱石堆叠，青石上绣着浅黄的苔藓，石间散着落叶，一枝瘦瘦的竹子斜伸，秋日的阳光柔柔的，明媚了整个秦岭。

一只熊猫踩着苔藓，迈着碎步，微微低着头，缓缓前行。它走得很慢很慢，抓紧时间享受这慷慨的阳光。因为它知道冬天快来了，日头也会吝惜起来。它稍稍打扮了一下，穿着黑白装，白处似雪，黑处如墨，身子胖胖的，头颅大大的，额头鼓鼓的，脸颊圆圆的，腿儿短短的，迈着可爱的内八字。熊猫呀，最耐看的要算耳朵和眼睛了。那双耳朵黑黑的、茸茸的，似半个椭圆，朝前斜立着；黑眼圈像毛笔左一撇右一捺，便"顿"出个"八"字来。

熊猫这个萌态，哪能不讨得人人欢喜呢？真的，人类除过关心自己，还从来没有如此热情地关心过其他某个单一物种，并给予至高的荣耀和华美的辞藻，视为吉祥、忠厚、和睦的象征，尊为贵宾，作为国礼相送。而能享受如此这般待遇的又有谁呢？当然是大熊猫，也只有大熊猫。

"体格肥硕似熊，却独具创作的天分、艺术的完美，仿佛专门为这项崇高的目标而演化成这样一个模特。圆圆的扁脸，大大的黑眼圈，圆滚

大熊猫很悠闲　　　　　　　　　　　　　（熊柏泉　摄）

滚逗人想抱的外形，赋予熊猫一种天真孩子气的特质，赢得所有人的怜爱，令人想要拥抱它，保护它，而且它可爱又很罕见。"更何况幸存者往往比受害者更能打动人心。作为动物世界最引人注目的明星，它们的吃喝拉撒、发情婚配、生儿育女，都是我们关注的焦点，所有隐私（包括生殖繁衍）都可以在各大媒体刊播。

人常说，事物不是因为美丽而可爱，而是因为可爱而美丽。那么，哪些行为与特征能称之为"可爱"呢？研究视觉信号的专家进行了总结，认为包括大圆脸、明亮的大眼睛、一对大圆耳、柔软的四肢、扭来扭去的女性走路姿势等行为特征深受人们喜欢，颇得人们欣赏，感觉比较可爱。这不都契合了大熊猫嘛，仿佛是针对它们量身定制的标准。

世界上有比熊猫更濒危稀少的物种，也有种种性情"可爱"和科研价值高的物种，却独有熊猫最受宠爱。我以为，熊猫的性格，是我们所欣赏和喜爱的。它们疼爱孩子，却不娇惯；生病了，自己当医生，还向村民问药；天生的大胃王，躺着吃，卧着吃，站着吃；高兴时蜷缩成团，打滚，翻筋斗；愤怒时，敢与黑熊搏斗，痛击豺狗；胆大时，不怕人，闯进村庄，钻进厨房"捣乱、搞破坏"；怯弱时，农家狗几声"汪汪"，就吓得躲进山林；避险时，腾腾腾上树，再哧溜溜下来；为了爱情，舍得性命，大打出手；为了生存，放弃食肉，改吃竹子；素常动作缓慢，却不仅是长跑队员，而且是游泳高手，还是爬树能手。

再与华南虎比较一下就更清楚了。华南虎是我国特有的虎种，野外极有可能已灭绝，人工饲养的不足百只，可比大熊猫珍稀多了。华南虎，雄武霸气，王者风范，但它凶猛暴烈，你敢亲近它吗？即使在动物园里，你也只能隔着铁栅栏远观，生怕不小心被它锋利的牙齿咬了。

熊猫性情温顺，是我们喜欢它的重要缘由。同时，它还有重要的科研价值、生态价值和保护价值。与它同时代的古生物如中国犀、剑齿象、剑齿虎等上百个物种都绝灭了，唯独大熊猫延续存活了下来，由食肉类变作以吃竹为主的素食动物，这变化本身给我们很大的启发。

法国博物学家布封对天鹅说尽了好话，"它在水上为王是凭着一切足以缔造太平世界的美德，如高尚、尊严、仁厚等等。它有威势，有力量，有勇气，但又有不滥用权威的意志、非自卫不用武力的决心；它能战斗，能取胜，却从不攻击别人。它是水禽界里爱好和平的君主，它敢于与空中的霸主对抗；它等待着鹰来袭击，不招惹它，却也不惧怕它"。他的话，是不是像在夸赞大熊猫？

布封去世81年后，法国神甫戴维才在四川宝兴发现了大熊猫，要是布封早早见识了这个尤物，真不知会怎么吹捧的！

树上的"浪漫"

大熊猫树上交配　　　（向定乾　摄）

树上的"浪漫"，应该很惊险吧！这样极端惊险的浪漫，也就是秦岭大熊猫配消受得了。

大熊猫长到一定的年纪，就要成家立业，繁育后代便是压倒一切的大事。这个过程相当烦琐，包括发情、求偶、交配、妊娠和育幼。

野生熊猫性成熟较圈养个体延迟1~2年，而雄性又比雌性晚1年。在秦岭，雌性熊猫6.5岁初发情，7.5岁可受孕；雄性熊猫要到8.5岁，才能产生出正常精子。雌性发情期12~25天，高潮期仅2~7天，平均3天。成年熊猫春季交配，高潮期很短暂，错过了就得等下一年。

爱情是块魔石，对人和动物都有很大的吸引力。圈养大熊猫懒到不愿交配，丧失性爱兴趣，得靠人帮忙生育。以我辈来说，真不知它们活得还有啥意思。我们便惯常以为野生熊猫性能力也衰退了，自以为是的结果却遭秦岭熊猫"打脸"。秦岭熊猫圆脸上闪耀着荷尔蒙的激情，它们为爱情、为"性"福疯狂搏斗，你撕我咬，甘愿受皮肉之苦，更能把浪漫刺激玩到极致。

洋县华阳山里，一只雄性大熊猫东一口，西一爪，左冲右突，摆脱情敌的纠缠，径直冲向雌性熊猫所在的树下。那棵树小桶粗，树干上部碗口粗，阳面斜生着好些枝杈。"美女"早早地上了树，蹲踞在一根胳膊粗的树杈上，冷静地观望着这场搏斗，耐心等待着"擂台赛"冠军现身。我们称其雄性"猛男"吧，来到树下，不像通常那样守着，阻止"美女"逃离和情敌接近。它可不想耽误一分一秒，四爪并用，搂着树干，直接爬了上去。

"美女"一见"猛男"这般勇猛，早被震撼了，感动了，心想这样强壮的基因咋能不传下来，立即配合调转身子，前后肢下移一点，抓住两根稍小点的树枝，屁股朝上。"猛男"从树干阴面攀到"美女"原本待着的地方，啥也不管了，就将整个身子压上去，急慌慌粘在一起，前肢紧紧抓住"美女"脊背，嘴巴微微张着，好似火山喷发，天地为之激荡。"美女"则沉静多了，四肢抓牢枝杈，嘴巴抿着，不敢生一点大意。她清楚自己承领着"猛男"的重量和冲击，一旦"失手"，摔下去的是它俩，纵然不死，也得残废，生命与酣畅都要紧得很。

此番过后，再有四个月，秦岭熊猫家族又将迎来一个壮实的小家伙，没准还是双胞胎呢。

长青国家级自然保护区华阳保护站巡护员向定乾很幸运地从头看到尾，还拍了照，刻进了脑海。那是2008年3月18日，他们在巡山途中，突然看见一雌两雄共三只熊猫，两只雄性熊猫正在雪地里较量，撕咬摔打,吼声传出老远。向定乾发觉站立的位置拍摄效果差,于是就飞奔到另一个山脊,绕过一块大石头,抱住一棵大树滑下去,站在了离熊猫们很近的地方进行拍摄。他看树叶不停地晃,慢慢地靠近一瞅,见那只雄性熊猫正与雌性熊猫在树上快活呢,而另一只雄性熊猫则在树下失落地张望。

本文作者采访向定乾　　　　　　　　　　　　（白忠德　提供）

"这可是全球首次发现野生熊猫在野外交配的情景,一定要记录下来,我就不断地按快门。"老向语气平缓,眼神却是亮亮的,"它们胶着了两分钟多。这样旺盛的生命力,只是秦岭熊猫才有啊……"

熊猫宝宝成长记

大熊猫的幼仔是些"发育不全的早产儿",这是为什么呢?

野外大熊猫怀孕期平均144天,最短83天,最长200天。圈养大熊猫怀单胎的孕期平均为142天,双胞胎为132天,在日本甚至出现过324天的特例。像其他熊科动物一样,这种现象与胚胎延迟着床或胚胎滞育有关。也就是说,早期胚胎形成后,并不立即着床,而是在子宫内漂浮游离一段时间。只有游离的胚胎在子宫内着床,才能生长分化为胎儿。北京大学潘文石教授计算过,熊猫受精卵在母亲子宫里真正生长发育只有约45天。他认为,这是大熊猫进化过程中被大自然筛选出来的一种特别繁殖策略,依靠缩短怀孕时间和生下"早产儿",来保障母亲健康和胎儿生命。

大熊猫一胎产1~2仔,野生大熊猫靠自然交配,生双胞胎的几率较小;圈养大熊猫有人帮忙,双胞胎几率达到50%。野生熊猫通常每2~3年产仔一次,每胎只能成活一只。这个季节,山里寒冷多雨,大熊猫妈妈没法同时给两个宝宝取暖,叼着它们走动,也没那么多奶水哺乳,只能把全部心思和精力用在一个熊猫幼仔身上;常常对第二个熊猫幼仔不管不问,任其惨叫哀号,直至生命之灯熄灭。即使不被妈妈遗弃,体质较弱的熊猫幼仔也仅能存活几周。这是由严酷的生存法则所决定，怪不得大熊猫妈妈啊。不过凡事都有例外，世上也有英雄母亲，大熊猫专家雍严格就在秦岭山里见过一个熊猫妈妈同时养育带大了两个幼仔。

除过有袋类动物，母体大的，生的幼仔也大，大熊猫却是个例外。每年8月至9月间，可爱的熊猫小宝宝来到这个世界。刚出生的幼仔只是个胚胎，全身呈粉红色，盖着一层细细的白毛，连眼睛也难找见，就是个"发育不全的早产儿"。幼仔娇小柔弱，只有36～296克，平均约100克，仅为母体重量的万分之几到千分之几，发育程度相当于人类6个月大的婴儿，太奇特了！黑熊与大熊猫个头大小相近，其初生幼仔却超过600克。据胡锦矗教授观察，刚出生的熊猫幼仔体长15～17厘米，尾长4.5～5.2厘米，后足长2.2～2.5厘米。身子这么小，却天生一副特异本领，刚出生就能爬行，高声尖叫。

陕西首只人工繁殖熊猫幼仔——楼生　　　　　　（赵鹏鹏　摄）

出生后的熊猫幼仔见风就长，努力熟悉着周围的一切。它们的发育要经历哪些重要阶段呢？据张志和、塞娜·贝可索合著的《大熊猫：生·存》记载：

幼仔出生 10～14 天时，黑色被毛逐渐显现。

30 日龄，幼仔体重约 1 千克，体色与妈妈相近，尾巴要更长一些。

40 日龄，幼仔眼缝逐渐增大至半开状。

熊猫妈妈怀抱幼仔（向定乾　摄）

50 日龄，双眼全睁。

60 日龄，体重达到 3 千克，能够摇摇摆摆地走路。

65 日龄，开始长出牙齿。

个子慢慢长大，叫声却越来越小，两个月后便像羊一样叫唤了。

4 月龄，体重约 8 千克，幼仔变得活泼，会打滚，调皮时爬到妈妈背上。

上树晒太阳，还能躲避天敌（赵纳勋　摄）

5～7 月龄，幼仔进入了关键期，因为它们开始学习攀爬。

有记录显示，圈养幼仔 4.5 月龄便学会了爬树。学会爬树，能最大限度保证安全，是它们要习得的关键生存本领之一。

6～7 月龄，幼仔开始留意母亲进食，玩耍的道具里有了竹枝，时常会啃咬、咀嚼和摆弄它们，但还不晓得吞咽。

大约9月龄，学着摄入竹子，已逐渐断奶，却不忘妈妈的奶水，仍厚着脸皮吮吸。

真正断奶，要到11月龄了。即使不吃奶，也不意味着它们就长大了。它们会紧随妈妈，直到1.5~2岁，有时会到2.5岁，简直成了长不大的"老孩子"。

母子分离前，幼仔已从妈妈那里习得好多生存技能，这关乎生命，它们不能不认真。

潘文石、向帮发为希望测体　　　　　　　　　　（向定乾　提供）

熊猫醉水卷煎饼

熊猫饮水　　　　　　　　　　　　　　　　（蒲志勇　摄）

人把酒喝多了会醉，难道熊猫将水喝多了也能醉了不成？

对于大熊猫而言，饮水几乎与食竹同样要紧。大熊猫会把它们的家园选在溪流附近，方便畅饮解渴。它们将嘴触着水面舔吸，要是河溪结了冰或被沙砾填没，便用前掌击碎冰层，或用前爪挖出浅坑，等水清了，这才慢慢舔饮。大熊猫喝水讲究多着呢，通常不喝静水，不以冰雪补充水分，最喜活水，也就是流动的河水或泉水。

秦岭民间有"熊猫醉水"的趣谈，说的是大熊猫常生活在清泉流水附近，有嗜饮习性，有时不惜体力跑很远的路，也要饮用活水，再折回巢域。要是找到水源，就没命地畅饮，以至于"醉"倒不能走动，像个酗酒的醉汉躺卧在溪边。这个说法，遭到秦岭大熊猫专家雍严格的反驳。

雍严格通过长期跟踪观察，统计熊猫饮水数据，得出结论：健康熊猫没有醉水行为，生病的才嗜水。身体正常的熊猫每天饮水1~2次，每次不超过3分钟，大多只需1~2分钟。要是吃含水量高的竹笋，可以一两天不喝水。

冬春季气候寒冷，食物适口性较差，营养低，那些体质较弱或年迈衰老者，更易患病或受其他动物攻击受伤。患病或受伤的大熊猫走动艰难，只好到地势平缓的河谷两侧或农家附近活动，节约能量，方便饮水，或许还能得到好心人相助。要是得了消化道疾病，胃发热，咽喉发炎，进食困难，饮水不仅能解渴止饿，还能排毒、补充体能。这也是千百年来，它们练就的自我疗病本领。

雍严格说，要是在河边或水源附近看到行动迟缓、连续饮水的熊猫，应就近观察其鼻镜、粪便是否正常。大熊猫害了病，鼻镜干燥无光泽，鼻孔周围边缘发

渴了喝口清澈的山泉　　（向定乾　摄）

白干燥。健康熊猫的粪便表层敷着层薄薄的透明黏液，还有光泽；而身体不适的大熊猫粪便黏液成团，表面发黄或发黑。遇上这种情况，要及时报告动物保护部门，尽快予以抢救治疗。

　　我们在山里寻觅熊猫，大半天过去了，突然向导气喘吁吁地跑过来，激动地说，有一只熊猫就在上方这片竹林里觅食。我们一下子弹起来，跟着向导往竹林里跑。向导告诉我们脚踩在泥土上不要弄出响声，熊猫最怕竹子折断的声音。我们用竹棍把地上的树叶拨开，只见一行脚印弯弯曲曲地延伸至竹林深处，趾尖向内，看上去有点模糊，好像穿了一双鞋子。我疑惑地问向导咋听不见熊猫走路的脚步声，他轻声回答："熊猫轻手轻脚的，脚掌上生着长毛，减弱了走路时的声音……"

熊猫食竹　　　　　　　　　　　　　　　　　（赵建强　摄）

　　竹林里窸窣作响，一个毛茸茸的白脑袋映入眼帘，一只半大熊猫在离我们10米外嚼食竹子。向导一再提醒不要踩断脚下的枯枝，以免影响熊猫进食。阳光刚好斜射在河沟对面的坡地上，箭竹不停晃动，黑白分明的色块不时显露，大部分身体仍然被箭竹和杂木挡着。我们慢慢跨过河沟，钻过竹林，屏住呼吸，小心地摸到5米开外一块大石头后面，一动不动地趴着，透过不算太密的竹叶缝隙静静地观察。只见它扯过一根竹子，用胖乎乎的前肢将竹竿上半段拉入怀中，向下方拖送，直至竹叶到嘴边为止。然后偏着圆滚滚的脑袋，青黝黝的嘴巴一张一合，挑食着竹叶、竹茎，把竹子弄得哗哗作响，吃一阵还慢悠悠抬头四处张望一下。有时竹子太高拖拉不动，就将竹竿咬断几节，把竹梢拖至胸前，用右前肢捉住竹叶，用门齿从叶柄部咬断，衔在右边嘴角，待到有十几片，再用左前肢从右嘴角取下，握住成筒状，像人吃煎饼一样逐段嚼食。它伸出前肢靠力感挑选头年生的嫩竹，先抓住竹竿轻轻一摇，以其顶部枝叶多少的动感判断，选中的都是动感小、竹叶多的嫩竹。嫩竹茎皮薄，内含木质和纤维素多，嫩软，易咀嚼。

熊猫"手"除了五个"指头"，还有一个籽骨，又叫伪拇指，能像人的手一样握东西。"你们瞧它吃食是不是挺有趣的？"向导轻声说，"它有时坐着吃，有时躺着吃，有时边走边吃。要是竹叶上有积雪，它会用前肢将雪拍掉，卷筒再吃。遇到竹笋，便用嘴咬住中部拉断，再用前肢握住，坐在地上，门齿咬住笋壳，前肢向下一拉撕掉，咬食笋瓢。取食竹子是熊猫的拿手本领，它很少吃老竹子，一般选择无病虫害、生长健康、一至二年生的竹子，且只吃竹子中间一段，下面一段照样成活，这一绝活是人所办不到的。通常人砍过的竹子第二年就死了。"熊猫懒散随意，走到哪歇到哪，吃了睡，醒了吃，到处游荡。

学走平衡木

第二天，我们继续寻觅，在竹林中穿行，不时得弯下腰，有的地方要爬过去，还要防着竹茬扎手，背包老是被树枝挂住。竹林密不透风，汗水从额头淌下来，内衣裤子都湿透了。

天空干净得连一丝云片都没有，只是被头顶的树叶划出一方方地图。我们来到一片桦木与栎树混生的树林，听到枯枝的断裂声，循声望去，一只母熊猫和一只幼仔正待在一棵树上。熊猫妈妈似睡非睡，斜倚着树干闭目养神，而这只约8个月大的幼仔一刻也不安宁，爬上翻下，一会儿沿树干练习走平衡木，一会儿骑着树杈晒太阳。离地面有20多米，我们的心都提到了嗓子眼，生怕这个可爱的小家伙摔下来。别看它举手投足似乎很笨拙，可它走得稳稳当当，还不断地做些惊险动作，渴望得到妈妈的夸奖。我们后来也就不担心了。

我们都没出声，自以为隐蔽得好，哪知早已被熊猫妈妈敏锐地觉察出来，呲着牙齿示威，并迅速带着幼仔爬到枯树最顶端。过了好一会，头朝上溜下树来，一转身迅速钻进竹林。走了几步，又回过头望望，引诱我们去追。我们识破了它的企图，就蹲在原地，盯着树上那只幼仔。幼仔还趴在树杈上一动不动，像是在装死呢。

大熊猫学走平衡木　　　　　　　　　　　　　（赵建强　摄）

前方不远处,熊猫妈妈把竹子整得"哗啦——哗啦"作响,还发出"嗯嗯"的叫声——熊猫妈妈在呼唤儿子呢。小家伙立即睁开惺忪的睡眼,屁股朝下,顺着树干,"咻溜溜"滑到地上,钻进石崖上的一个石洞里。熊猫妈妈跑过来,将石洞里的孩子喊出来,母子俩很快消失在竹林中……

大熊猫的欢势可爱,让我想到秦岭生命的健旺与蓬勃,这都是生物多样性结出的大果子。今天我们把生物多样性挂在嘴边,不是要做做样子的。它是人类赖以生存的根基,供给清洁的空气、干净的水源、无公害食物,使我们少受甚至免受疾病、自然灾害的侵袭。作为明星物种,又是旗舰物种,大熊猫的保护价值就是它的文化价值和生态效应。想想吧,保护大熊猫以及那片林子,就是在保护与它共生的成千上万种动植物,山青了,水绿了,我们的环境就变美啦。

长江、黄河发源于青藏高原,它们的重要支流却集中在秦岭山区。黄河的一级支流渭河和渭河的众多支流的源头也大都在秦岭山区,长江的一级支流汉江以及嘉陵江、淮河也发源于秦岭山区。这些密如织网的河流，给黄河、长江补充了丰沛的水源，滋润了中国大陆核心腹地广袤的土地，养育了中国大地生灵万物，让黄河、长江有了亘古奔流的气势与力量。而以秦岭为源头的南水北调中线工程，缓解了北京、天津、河北、河南等省市的缺水难题；正在建设的引汉济渭工程，汉江水将通过秦岭输水隧洞，调引关中，极大缓解关中沿线、渭河流域的城镇、乡村和工业缺水问题。西安人的饮用水大部分来自黑河，更要依赖秦岭这个绿色海洋。

就此可以说，大熊猫的生态价值，就是它的保护价值。爱大熊猫，就是爱我们自己；保护大熊猫，就是保护我们自己。

引汉济渭佛坪三河口水利枢纽　　　　　　　　　　（田建国　摄）

第三辑
秦岭深处羚牛村

如同刀劈过的峭壁,裸露出黑灰色岩壁,苍绿绿的植被,紧紧攀附于陡峭岩壁,大片大片覆盖着山体。羚牛们似乎与山坡平行,紧紧地贴着,两两三三忙着进食,像朵朵白云点缀于石壁……

它们就那么站着,我们的心悬起来了。　　　（蒲春举　摄）

六 不 像

人们为啥把羚牛叫"六不像"？

羚牛是一种大型牛科动物，相传是武成王黄飞虎座骑五色神牛的后代，分为不丹亚种、指名亚种、四川亚种、秦岭亚种，后两个亚种为中国特有。

相比其他亚种，秦岭亚种最是霸气，结实的肌肉撑顶着金色毛皮，勾勒出了秦岭羚牛威武雄壮的姿容。其体形粗壮如牛，四肢健壮有力，颌下有长须，头小尾短，又像羚羊，叫声似羊，性情粗暴如牛，故名羚牛。那对大扭角，是其身份与地位的象征。其角粗而较长，角形甚为奇特，由头骨之顶部骨质隆起部长出，先向上升起，突然翻转，复向外侧伸展，然后向后弯转，近尖端处又向内弯入，呈扭曲状，当地人称作扭角羚。因头如马，角似鹿，蹄如牛，尾似驴，体型介于牛和羊之间，牙齿、角、蹄子更接近羊，又被称为"六不像"，当真形象极了。

羚牛通过眼睛、鼻子和耳朵察觉周围情况，眼睛擅长看运动物体，耳朵留意听静止物体，鼻子嗅气味，顺风时更加敏锐。与开阔的草原和植被稀疏的石山相比，森林茂盛密实，动物们更多依赖那双耳朵。羚牛的耳朵，便是对生存环境的适应，可在较远处感知异常情况，及时躲避。

羚牛夫妻　　　　　　　　　　　　　　　（齐杨　摄）

羚牛的叫声低沉短促，用来传递位置，召唤子女，联络聚群采食迁移。要是有人类或者其他天敌靠近，羚牛会警觉地观察，站立不动，抬头盯视目标。如目标不动，它们就继续先前的活动；而一旦察觉到威胁，鼻腔便发出类似"呋呋"的声音，与威胁源离得越近，声音越响，然后迅速转身或突然跑动，发出声响，给同伴示警。接到同伴示警，稍远处的其他羚牛便全部停止采食，慢慢靠拢在一起。当一群羚牛中有亚成体及幼仔时，雄羚牛会守卫在外围并向具有威胁性的异类进逼，母羚牛则带领亚成体及幼仔先逃走，公羚牛最后逃走。逃跑是羚牛躲避危险的主要行为，它们会迅速反身或向下坡沿一个方向逃跑。

羚牛的嘴巴是为了吃喝，以及发出各种信息，它们常在上午和傍晚采食，行走着吃，后肢站立吃，骑着树吃，压下枝条吃，撞击树干吃，前蹄跪地吃。与大熊猫一样，羚牛也有上下垂直迁移的脾性。春末夏初，温度适宜，食物丰富，秦岭羚牛在海拔1500米左右的山谷峡地活动，寻食植物初生的嫩叶、芽苞、竹笋。夏季气温炎热，为躲避蚊虫叮咬，享受鲜嫩食物，羚牛成群成群向高海拔处转移。秋季，植物籽实累累，羚牛可择食物很多，养得肥肥胖胖。当树叶脱落草木枯萎，羚牛又开始向低海拔地区转移。它们在地上拔食青草，动作似羊不像牛，是用上、下唇扯断，而非拿舌头卷食。

所排粪便状貌酷似牛羊，这与它们摄取的食材密切关联。春夏吃嫩草树叶，刚拉粪便黄绿色，堆形螺旋，似牛粪；秋冬主食竹叶、草籽、干草，排泄物呈暗绿色颗粒，状如中等大小的枣子，如羊粪。

它们给自己当医生，比如嗜好舔食天然硝土，饮用含盐分的水，补充钠元素，减缓牛瘤胃膨胀病的发生。遇到坚硬的泥土，则用前蹄使劲刨开，再舔食带盐分的泥土。动物巡护队员搭建的小木屋，成为羚牛最喜欢光顾的地方。小木屋周围有人撒下的尿迹，羚牛常趁没人或夜里前来舔食尿液。它是在给自己当保健医生呢。

摄取盐分　　　　　　　　　　　　　　　（吴康　摄）

羚牛冲过来了

想到羚牛，我的脊背就不由地涌出冷汗来。

光头山是秦岭羚牛又一个密集分布区。羚牛成大群活动于山脊两侧，山坡上的草丛被踏平，土皮被踩翻，灌木丛树叶被大量采食，到处是它们啃食过的新鲜树叶痕迹、新鲜粪球、新鲜牛道、蹭树后留下的带有异味的油迹毛发。羚牛块头庞大，别看它走路时弓腰驼背，步态蹒跚，却能跃过2米多高的枝头，或用前腿、胸膛去对付一根挡在路上的树干，使之弯曲直至折断。羚牛逃跑或发怒时，能轻而易举地折断直径10厘米以上的树干，或是将树连根推倒。

行走在高大茂密的森林里，我们闻到了羚牛的腥膻味。向导提醒我们小心，注意周围动静。他说，有一次，他带着游客找熊猫，轻手轻脚地走在前面，在山林里走惯了，就像猫咪一样落地无声。这样惊扰不了熊猫，也不会惊动其他动物。不承想在一面生满桦树和竹子的陡坡处，他撞上了一只老羚牛。二者相距不足一米，谁知不小心脚下踩断了一节枯枝，"喀叭"一声响，这只独牛的头迅速昂起来，两耳朝着发出声响的方向，眼睛一动不动。羚牛是近视眼，若是你一动不动，它会以为你是一棵树。他们毕竟离得太近了，羚牛停止了进食，一双眼睛盯住他，鼻孔呼扇呼扇着，不断地喘着粗气，嘴唇微微颤抖，突然间猛冲过来。他根本没法躲避，叫那对锋利的尖角挑或是被牛头撞一下可不得了。于是，他下意识地就地一趴，翻到一边，来不及抓个树枝、竹竿，骨碌碌滚了下去，最后抓住了悬崖边一棵连香树，才算捡了条命。他的脸上、身上多处被刮伤、撞伤，嘴角滴着鲜血，衣服裤子烂成了片片。

羚牛一家子　　　　　　　　　　　　（熊柏泉　摄）

向导的话让我心里毛毛的，本来是走在最后的，我硬跑到中间，紧紧跟着向导，心稍稍放松下来，前头撞上羚牛有向导，后头狼趴肩膀有对象。

远处的高山草甸上散乱地密布着大大小小的白点，像无边飘浮的鱼鳞状絮云。向导肯定地说，那是一群羚牛，在休息呢。匆忙赶到草甸边缘，借着茂密的竹林，我们仔细观察。

一群30多只羚牛卧在草甸的绿草野花间休息，围成一个不规则的圆圈，四肢伏地而坐，牛角向外，幼羚牛和母羚牛被围在中央，几只"警卫"站在高处放哨，警惕地四处张望。羚牛共同御敌的防卫形式与北美麋鹿冬季集成大群围成圆圈对付狼群有异曲同工之妙。向导说，他曾看到过100多只羚牛的大群，休息时围成一个不规则的大圆圈，17只幼羚牛在中间，10只母羚牛在周围警戒。

羚牛群　　　　　　　　　　　　　　　　　　　（赵建强　摄）

我们坐下歇了好一会儿气，又出发了。走了不久，前面传来"砰砰"的声音，我禁不住好奇地轻手轻脚走过去。草甸上有个羚牛群，约摸30多只，里面有7只小仔，就像离开屋子的孩子，欢呼跳跃，撒欢奔跑，互相追逐，抵来抵去的。两只小羚牛玩得欢，互相以头相撞，接触后发出"砰"的一声，立即后退撤开。它们是在为生存"热身"呢。

这时刮起了大风，山间回荡着洪水奔涌的涛声。我们恰巧处在羚牛上风向，一只哨牛嗅到了异样的气味，它的耳壳不断颤动，鼻子不停伸缩。相距10米左右，这些动作，我们看得十分清晰。哨牛发现了我们，上下唇连续嗒嗒嗒响，它打了一个响鼻，撒腿就跑。羚牛们听到响声，相跟着奔跑，很快形成雄性头牛开道、雌性成体压尾、中间夹着小羚牛犊的队伍，不一会儿，消失在密林中。

那两只小羚牛停止玩耍，撒腿便跑。其中一只一时不慎把左后腿卡进石缝，左扭右抽抽出不来。大森林里危机四伏，凶猛的豹子、豺时时窥探着，准备吞噬一切可作美味的弱者，小羚牛犊正是它们可猎取的佳肴美味。我们看得焦急，听不见羚牛的声音，一个队友冲过去，准备帮小家伙一把。哪知已经跑远的几只羚牛折了回来，向那个队友猛冲怒吼。

那个队友掉头朝林子奔来，刚爬上一棵冷杉，羚牛就追到了树下。他一紧张，从树上溜了下来。掉头而去的羚牛又蹿了回来，他又爬上另一棵树。我们知道，羚牛最怕豺狗，于是齐声学狗叫。可羚牛好像听出不是真的，并不打算离开……

我们在树上待得手困脚麻，羚牛没了踪影才溜下来，然后不顾一切地往山下冲去。一口气跑到宿营地，紧悬的心才落下来，瘫软在地上，连心跳都感觉不到了。吓死人了！

羚牛与人的际遇

赵序茅博士在《羚牛袭击人的真相》中说，在野外羚牛与人相遇的形式有三种：偶遇型，双方在毫无准备的情况下突然遭遇；作死型，人先发现羚牛并主动接近；中奖型，羚牛先发现人。

羚牛平日里性情温和，可是发起怒来，可以轻易撞断茶缸粗的树。受伤的、患病的、带仔的，还有"独牛"最易伤人，尽量避开它们。若是狭路相逢避让不及，千万不要惊慌失措，四处乱跑，停止做任何动作，不刺激，不招惹，静静观察，与它对峙，直到它对人放松警惕后迅速离开。万一羚牛突然冲过来，要果断判断其动向，就地卧倒一动不动，或迅速朝左右方向闪开，或爬上树，或围绕大树兜圈子，羚牛并不拐弯，躲过去就没事了。

羚牛怕狗，模仿狗叫也是个吓唬它们的好方子。羚牛忌红，上山不能穿红衣服，否则会遭其进攻。羚牛不怕火，有踏火习性，火旁夜宿要留心。向导说，他带的游客曾多次与羚牛狭路相逢，最近时只有两三米，相机的快门声将这些庞然大物吓得落荒而逃，更多的时候却是他们给羚牛让路。

观察野生动物，特别是像羚牛这样的庞然大物需要耐心和勇气。其实羚牛也并不可怕，熟悉其习性的人，从它们的眼神里能判断出其是否有进攻性。羚牛受伤患病体质下降，无力向高山攀爬，取食困难而性格暴躁，易受刺激。母牛护仔，对人攻击性强。独牛警惕性高，胆小得很，有点动静就躲起来了。而健康的、带仔的羚牛甚至群牛往往遇见人，会迅速逃离，或抬高头部，鼓鼻吹气，向人示威，然后走走停停，不把它们逼急一般不会主动攻击。走在山路上，要走走看看，注意听听周围动静，一旦发觉羚牛，要主动让路。

羚牛　　　　　　（雍严格　摄）

羚牛是秦岭山里的主人，我们只是短暂的过客，弄明白身份，我们便对它们多了一份敬重与爱护。那年，我去秦岭西河找熊猫，就近距离撞见了羚牛，吓得不轻啊。

过了新店子河，我们坐在河边石头上等西河保护站站长熊柏泉，他把记录仪忘了，要回去取，于是就折了回去。大概过了五分钟，听到前面竹林传来"咔嚓咔嚓"的声响，好似竹子的断裂声。我们以为是熊猫，仔细一看，映入眼帘的却是一只羚牛的头，然后是身子，一边走，一边吃竹子。

离我们不到3米，我还没这么近距离见到过羚牛。那次在药子梁，遇见羚牛也有20多米远，当下就趴在地上，只是仰着头，一点也不敢动。心跳到了嗓子眼，所幸它专注于进食走路，没有注意到我这个观众。

它刚过去,后面又是一只,依然边吃竹叶,边迈步,目不斜视,悠然自得。

沐浴晨光　　　　　　　　　　　　　　　　　　　（吴康　摄）

我们就趴在坡坎下,用手机拍了几张照片,竹林太密,加之手机调焦不行,很是模糊。

向导说,前面那只是母的,后面那只是公的。人与羚牛互相害怕,我们惧怕它,它遇见人更是胆怯。走在林子里要多留意周围动静,早早避让,不要招惹,它是不会主动进攻人的。"天呀,要是当时我们不等人,一定会与那俩家伙撞上的。我们是同一条路,它们下行,我们要往上走……"我暗自庆幸着。

走到另一处羚牛喝水的地方,我们早早地放慢脚步,轻手轻脚地前行。走近一块大石前,再往前十几米远处,地下涌出一股水,羚牛们中午时分成群结队前来喝水。

才上午11点,还不到羚牛的饮水时间。我们停下来,爬上那块石头，朝那里搜索目标。这时，白色巨石旁闪出一个黄黄的家伙，是只成年羚牛。它从坡上下来，要去喝水。我和向导观望，老熊向前走到一棵树后举着相机拍摄。羚牛站在大石旁，静静地对着镜头，好久都没动一下。老熊也定定地站着，彼此都没有受到打搅，一场生命与未来的对话正在羚牛与人之间进行。

羚牛近影　　　　　　　　　　　　　　　　（赵建强　摄）

也许是它看见了人，也许是在等大部队。它犹豫了一阵后，掉头上坡去了。

返回时，见到一只喝水的羚牛，个头高大，我们便弯着腰靠近了几米，相距四米多。不承想，那只羚牛突然停了下来，抬头望着我俩。老熊去看红外，还没回来。我早早折了根干木竹，一路拿着，这时可当武器。想着要是它冲过来，我就拿竹竿防卫。

不过那只羚牛看了我们十几秒，然后头一撇，耳朵一竖，屁股一扭，调头朝坡上冲去。

地上涌出的水漫流，没有一个聚水的滩，羚牛喝起来不方便，只能一点点啜吸，不敢大口饮，否则会把沙子吞进去。

我们经过那块地方，停下来，用木竹给掏了个小水坑，它们就可以大口畅饮了。但也可能很快被牛蹄踏平，可我还能做什么呢？

羚牛行走在冰川遗迹　　　　　　　　　　　　（赵建强　摄）

话说夜半敲门客

已是傍晚,夕阳烧红了西边的天空,把它的红光洒在小木屋顶,抹在几棵粗壮挺拔的松树上。三五只画眉叽叽喳喳,在房前竹枝上跳跃,唱着婉转的歌谣。一只啄木鸟,伸着长长的锋利尖嘴,"笃——笃——笃"地敲打着门前那棵枯树。两只羽毛艳丽的血雉,悠闲地踱步,羞答答地蹭到屋边,好奇地往里探望。我们彼此对视,它们似乎不怕人,打量了好久,才很闲散地离开。

向导往铁锅里添上水,将灶台的火生着,拿出火腿肠、腊肉、方便面,做起饭来。一会儿,饭香飘出来,搅动着我们的肠胃。我们都饿了,狼吞虎咽地吃起来,吃相很不雅。

吃过晚饭刚要睡时,"嘭——"营房外传来沉闷的声音,越来越近,夹杂着石头翻滚、树枝折断声。

"啥声音?"我惊惧地问。

"可能是羚牛什么的,"向导满不在乎地回答,"嘘嘘"地叫我们停止说话,"羚牛上来了,小声点——"

向导说,他每次带游客住在小木屋,羚牛都要来拜访。小木屋周围有人洒下的尿迹,里面含有盐分,羚牛常常来舔食尿液。

羚牛群 　　　　　　　　　　　　　　　　　　　　（蔡琼　摄）

羚牛舔盐 　　　　　　　　　　　　　　　　　　　（吴康　摄）

我们赶紧拉开睡袋，穿上衣服，把木门打开一点缝隙，一字排开，借着细碎如银的月光探着脑袋向外看，等待着贵客的到来。过了一会儿，

"沙沙"声和"呼哧呼哧"的喘气声，到了小木屋附近。也许是人多汗气太重，羚牛们待在 5 米远处，朝着这里张望。一只半大羚牛大摇大摆地朝我们走来，这家伙胆子才叫大呢，迎着几支手电光束，瞪着一对牛眼，慢慢逼近。一只小羚牛不时地抬头张望，看样子不到 3 岁，犄角还没开始扭曲。半个小时后，它从屋子左侧转到右侧，离小木屋大约一米的样子，卧在那里，久久地不动弹。

我们问："这门可不结实，羚牛不会来抵门吧？"

向导回答："不会的。它们不怕人，可也不会有这么大的胆子。"

说这话时，小木屋突然剧烈地晃动了一下，又晃动了一下。

"它在推木屋呢——"

我浑身哆嗦起来，上下牙开始不争气地磕碰，发出类似金属撞击的声音。

"哎呀，咋这么胆小！再凶猛的野兽也怕人，咱们这么多人，还不吓死它？"

"那它推木屋干什么？"

"可能是在蹭痒痒，也可能是看见了火光。荒山野地，一丝丝微弱的光亮足以使它们警觉的，以为发生了啥事。"

"噗——"吹灭了蜡烛，我蜷缩在睡袋里。一种亘古无边的沉寂与阴森，漫溢开来。

"别怕——"黑暗中，向导紧紧握住我的手。向导体内的温暖连同勇敢、坚韧一并淌进我那脆弱不堪、营养不良的脉管。

"向导，现在羚牛是不是很多？听说经常有伤人的事发生？"

"秦岭地区森林保护得好，这家伙繁殖力强，天敌又少，数量增长很快，佛坪有两千多只呢，远远超过了家牛数量。冬春时节，羚牛下到低山区找草吃，容易和人相遇。羚牛恋爱失意时性格特别暴躁，见人就抵呢。这却不意味着羚牛太多，更谈不上成灾，因为秦岭地区像光头山、

羚牛家族　　　　　　　　　　　　　　　　　　　　（赵建强　摄）

药子梁这样植被保存完好且适宜羚牛生活的地方并不多。"

"它们对熊猫的生存有没有影响？"

"这个话不好说。有专家说，羚牛的活动对熊猫产生了严重影响，说是它们啃食竹笋、树皮，破坏植被，与熊猫争食物。也有专家说，羚牛与熊猫和平相处，互不影响。羚牛基本不吃竹笋，它们踩踏出来的道路适合熊猫行走。你们说说，该听哪个专家的？"

"那能不能人为地减少一些？"

"羚牛和熊猫一样，属'国宝'级动物，打不得的，打了要坐牢。前几年，国家林业局试图进行有偿狩猎，法律不允许，这个提议也引起社会舆论的一片反对。佛坪前些年搞过国际狩猎场，专门打羚牛的，后来不搞了。现在有猎杀羚牛的，都是偷着来，一年也打不到几只。"

"我们是不是可以引进些天敌来控制羚牛数量？"

"羚牛数量增加的主要原因，还是天敌太少的缘故。以前虎、豺、豹、黑熊，都是羚牛的天敌。尤其是合力捕食的豺群，对羚牛有很大的威胁。现在老虎没有，豹子很少，成群结队的豺也见不到了。前不久我见到两只豺追羚牛，把它们撵得四处乱跑。引进天敌，这么大个秦岭得引进多少老虎、豹子、豺狗？况且这些动物又从哪来？据说中华人民共和国成立以来，全国范围内有记录的"牛害"伤亡事件也就两百多起，而我们人类自身酿造的交通事故每年几十万起，相比之下"牛害"真的算不了啥。话说回来，羚牛并不可怕，好好珍惜爱护羚牛吧，不能让它们消失在我们手上……"

这个晚上，我们把羚牛的话题聊了半宿。向导的话，让我们深信佛坪人了不得，人人是动物专家，人人是环保天使。

天明起床，小木屋外羚牛的蹄印和啃食树叶的痕迹清晰可见。我们不知道，那几个庞然大物是什么时候离开的。

羚 牛 村

药子梁风光　　　　（赵建强　摄）

羚牛在秦岭大量聚集的地方，人们亲切地称之"羚牛村"。秦岭有好些"羚牛村"，佛坪药子梁就是其中的一个。每年夏季，羚牛从四面八方汇聚到这里，形成几十乃至百余头的超大繁殖群，为雄伟瑰丽的秦岭平添一抹令人向往、惊诧的诡秘与神奇。

峡谷的云气一股股冉冉升上来，让人有如腾云驾雾一般的感觉。奇怪的是山脊南北两侧的雾并不是同时消散，而是交替进行，两侧美景轮番显现。这时，太阳从云层后面露出脸来，立时一片光明，将山将人将树耀成一片神奇的金黄，金光中，我们仿佛都升华了。风吹起来了，把山脊的云吹开了，一个个白点露出来，那是一群羚牛。

秦岭羚牛沐浴晨光　　　　　　　　　　　　（赵建强　摄）

我们小心翼翼地靠近，机警的牛群立刻躲到树丛背后。此刻，一阵突如其来的大雾弥漫了整个山梁。我们迅速伪装埋伏好，大约等候了半个多小时，眼看大雾没有散去的迹象，正准备撤离，突然发现隐隐约约有羚牛从树丛后面走出来。于是，我们躲在"牛道"附近的岩石旁，耐心地等待。一大片白花花的羚牛，终于出现在眼前。

仿佛掉进了"羚牛圈"，四处是喷鼻声，腥膻味扑面而来。粗略一数，超过60只，有的吃草，更多的或卧或站，或打滚追逐，或闭目养神，或东张西望。3只大公牛毛色黄亮，体格壮硕，有200多千克。那只棕黄色的显出老态，站在群外，偶尔向里面张望一眼；另一只毛色金黄，也站在群外，来回不停地走动，显然不甘寂寞却不敢沾花惹草；还有一只异常活跃，疯狂追逐母羚牛，一次一次爬跨。我们还看到一只卧在草地上的公羚牛，有些瘦骨嶙峋，没一点儿精神。向导说，都是性生活太频繁弄的，过了交配期就恢复了。

4只幼仔紧跟在一只母羚牛身边,在母亲身旁或腹下钻来钻去,蹦蹦跳跳,活泼可爱。我们看到,群里公羚牛、母羚牛都宠着宝宝。觅食和栖息时,幼仔总是处在母羚牛围成的圆圈中央,保证不受天敌侵犯。母羚牛深情地给宝宝哺乳,不时地用舌头轻舔宝宝额头。淘气的宝宝在草地上打滚,"哞哞"地呼唤着母亲。

它们一边吃草和树叶,一边向树丛中慢慢移动。它们的进食也是蛮有趣的:一只亚成体跪着探出身啃食长在悬崖边的鲜嫩树叶;有一只羚牛竟然后腿站立,用前腿扒着吃那高树上的叶子,甚至骑着树干吃枝叶;还有几只见树枝不粗,干脆用胸部或前肢把树枝压下来吃叶子。羚牛的采食行为比其他有蹄类动物更显灵活可爱。

一只不足两尺长的幼仔不知不觉跑到我们身边,睁着稚气的大眼睛好奇地打量着。如同家养的牛犊,十分招人喜爱,犄角还没长出来,全身呈灰褐色,有黑色条纹。别看它小,却也练就了一身好功夫,行走在悬崖峭壁上也是如履平地。

看得出神时,忽然一只通体红色拖着长长尾羽的鸟儿朝我飞来,掠过我的肩膀,落在左后方五米远的地方。我惊讶地转过头来,那只鸟又擦过我的肩膀,落在右后方。它来回飞了三次,终于看清了。原来是一只红腹锦鸡,我们老家唤作金鸡。

杉树上蹲着一只雀鹰,一动不动地盯着我身旁的锦鸡,锦鸡哆嗦不止,羽毛耷拉,极度惊恐。只见向导捡起块鸡蛋大的石头,"嗖"的一声砸上去,石头从雀鹰身边飞过去。雀鹰受了惊吓,尖叫着,摇晃着掠过草甸,猛地扎进杉树林。

那只体格雄壮的哨牛发出"梆——梆——梆"的惊叫,羚牛们纷纷站起来,惊疑地打量四周,几只哨牛来回奔跑,闹腾了好一阵子,确认没有危险,牛群才又恢复了平静。

当天傍晚,返回小木屋,匆匆吃过泡面,天就黑了,雨也来了,下

作者做功课　　　　　　　　　　　　　　　　（刘思阳　摄）

得很急，敲得牛毛毡屋顶"嘭嘭嘭"直响。坐在木棒棚起的"床"上，借着手电的微弱亮光，我的激动像屋外噼里啪啦的夜雨，情不自禁地在笔记本上写道："我到过许多地方，没有哪一处有这么宏大的生命激情，秦岭啊……"

集群式生活

　　大古坪是佛坪县西北部的一个村子，卧在东河河谷左侧平地。早些年不为外人所晓，自打这儿"出土"了世界首只棕色熊猫丹丹，其知名度像芝麻开花一样一节一节地高起来。这里属大熊猫、金丝猴、羚牛的祖居地，便被划入保护区范围。上面管得好，村人也热爱野生动物，个个都成了义务巡护员。动物们过得舒心，胆正的便经常进村子玩耍打闹，给村人带来多多的喜庆，也有一点点的烦恼，比如野猪糟蹋庄稼、羚牛顶伤人。可他们很坦然，很宽宏大量，从不责备那些"惹事"的哥儿们，倒是常常自慰："野猪长着一张嘴，不就是为个吃嘛。羚牛有了情绪，要不泻个火，还不憋死了？"

　　羚牛群分工明确，有哨牛，有头牛，有"阿姨"，有独牛。开阔处或食物丰盛的地方，牛群往往散开来觅食休憩，便有一两只羚牛或卧或站于高处观望，履行着站岗放哨的职责。一遇惊扰，哨牛发出"梆——梆"声，牛群立即停止活动；有时哨牛会好奇地前去观望。头牛则要做决定，是带领大家躲避，还是挺身而出进行战斗。在秦岭，曾有过头牛被轰赶，慌不择路掉下悬崖，而跟随者并没改变路线，也纷纷跳了下去，结果把命都丢了。

幼仔长大一些之后，"妈妈"便把"儿女"交给另一只羚牛照管，自己外出觅食、访友。我曾在秦岭药子梁见到4只幼仔被一只母羚牛照看着，这个"阿姨"当得辛苦，可也学得了照料儿女的技巧，为他日自己做母亲累积了宝贵的经验。

与金丝猴家族的光棍猴相似，独牛也是个特殊群体，由受伤头牛或繁殖争雄的失败者或群体中的老年个体组成，大多为雄牛。它们徘徊在牛群外边，受过挫折，脾气很不好，动不动就上火。

"我失恋了！" （吴康 摄）

羚牛是以集群方式生活在亚高山地区的森林里，老虎、豺、豹、狼、黑熊，都曾是它们可怕的敌人。豺狗擅于合力捕食，对羚牛威胁很大。如今老虎没了，豹子也很少，豺也无法成群结队。秦岭羚牛没了天敌，高兴得合不拢嘴，加之生态环境改善，它们的数量是"秦岭四宝"中最多的。

秦岭深处，在晨曦的沐浴下，如同刀劈过的峭壁，裸露出黑灰色岩壁，苍绿绿的小树，紧紧攀附于陡峭的岩壁上，大片大片覆盖着山体。羚牛们似乎与山坡平行，紧紧地贴着，两两三三忙着进食，像朵朵白云点缀于石壁，悬空的姿势仿佛随时要坠下去似的，让人不禁为它们揪起心来。如今，药子梁少了人类活动，羚牛大大方方地来了，大大方方地休憩觅食，大大方方地生儿育女。

妻妾成群的雄性羚牛，剥夺了那些不够强壮或体弱多病者的性福，看似不公平，却把最强壮、最引以为豪的基因遗传下来。这个季节，它会变得憔悴瘦弱，脂肪耗光，肋骨显露，但性欲得到满足，又为种族繁衍强盛尽了责任。

每年7月—8月进入交配季节，荷尔蒙让雄牛性情变得格外凶猛，为了争夺雌牛，雄牛间互相展开殊死角斗，失败者退居群后，胜利者赢得交配权。孕期8个多月，第二年3月—5月产仔，每胎1仔。平均寿命为12～15年。刚刚出生的小仔，必须马上站起来，跟上羚牛队伍行走，要是掉队或撞上大雨天，命运就非常不妙。

为"爱"决斗

爱情是自私的,也是排他的。雄牛们为爱情、为尊严而战,惊心动魄,气壮山河。要是实力悬殊,一方会主动让开;若是实力看似相当,一场争斗就会发生。几个回合下来,如果一方败逃,获胜者也不追击;若是双方势均力敌,争斗最为惨烈。获胜者得到母羚牛的爱情,这样的交配方式使优良的基因更大几率地得以遗传。

每年7月至8月是羚牛的繁殖盛期,成年公羚牛与母羚牛享受着欢畅淋漓的爱情。公牛吼叫着,急慌慌地追逐,仰起头,卷着嘴唇,不时扬起前蹄。母牛尚未进入状态,就不停奔跑,左躲右闪,不让它贴近。公牛的交配权往往是由母牛决定的。母牛未进入发情状态,会尽可能选择群里最中意的对象。进入发情旺期,标准降低,不再挑剔,更容易接受与公牛的交配——母牛真正进入接受交配的最佳期也就十多个小时,它不得不抓住这短暂的繁殖机会。

母牛让公牛爬上脊背,这只是第一步,还有路要走呢。牛群里的公牛都想霸占独享,便引生出情敌来,矛盾无法调解,只有靠武力解决。彼此展开殊死搏斗,获胜者才能享受爱情的甜蜜。这与大熊猫、金丝猴求偶交配很相似。公牛为获得交配权而进行的决斗,致命而凶猛,直到一方败逃为止。向导说，他曾见过两只雄性羚牛打斗：它们紧盯对方，不断喷鼻，颈部被毛竖立，突然低头，快步冲过去，用角猛撞，用角尖刺、挑，你推过来，我挡回去。双方难分高低，搏斗激烈残酷，取胜的关键变成身体重量的比拼，瘦小者被撞出 6 米开外，碰在一棵树上痛得直叫唤。胜利者发出得意的吼叫，冲进了母牛群。

为"爱"对决　　　　　　　　　　　　　　　（雍严格　摄）

这期间不断会有公羚牛追逐或守候母羚牛，身强力壮者未必就占尽便宜，也有浑水摸鱼者坐等渔翁之利，而享受鱼水之欢的。向导曾见到一只正在交配的公羚牛被另一只打扰，气势汹汹地转身去找那只"讨厌的"公羚牛拼命，而"天作之合"的好机会便落到了一只弱势公羚牛身上，它趁机与母羚牛进行了交配。向导也曾亲眼看到两只公羚牛打架，一只把另一只顶下悬崖摔死了。还有一只公羚牛被撞得滚坡，头卡在一个大树杈上，硬是饿死了。

这天傍晚，在药子梁，我们便目睹了这样一场战争：两只成年雄性羚牛大声喷鼻，喘着粗气在草地上绕圈子。各自相持在10米外，突然间一起相向奔行，相对而来，头那么低着，脊梁拱起，"砰——"头与头相撞了，声音沉闷，让人心颤。双方都已作好准备，就在牛角接近时瞬间发力，顶住对方的强大压力。然后，又以极快的动作掉头跑开，回到原处，再突然冲上来，又是一声沉闷的撞击声。如此分开、相撞，相撞、分开，如古时战场上的大将搏杀，来来回回四五十个回合。最后一次相撞，就再没有分开，互相推着，一个将另一个呼呼往后推了五六米，另一个又把这一个呼呼往前推了五六米，八条腿几乎没有打弯，就那么如铁打的棍子撑着，地上犁出一道深深的渠儿。

半个多小时后，身体略显瘦小的败下阵来。获胜的公羚牛，发出一声长长的吼叫，划破翠绿色的空气，忘情地投入爱河，进行了一次排山倒海般的爬跨。

震荡人心的那一刻　　　　　　　　　　　　（何鑫　摄）

8个多月后，秦岭"羚牛村"将迎来一个新的生命。

光顾老县城

大熊猫是老县城的常客，羚牛、金丝猴、麂子、斑羚、松鼠、斑鸠、老鹰，一时难以说清，反正多得很，它们也都竞相涌向老县城，惊异着，快活着，仿佛谁不来就落伍了似的。

话说有年初春，老县城还带着雪帽子，穿着雪外衣，河里结着冰溜子。几个相好的，就凑在一起，烤着木柴火，高声划着拳，大盅子喝着苞谷酒，咥着一指厚的肥肉片。冬天的尾巴落在老县城，春姑娘还在南方温暖着身子，人们窝在家里，还能干啥呢。两只当地人唤作"白羊"或"羊子"的羚牛耐不住寂寞，从深山里出来，来到村庄周围，转悠了一个多月。它们搅乱了村人平静的生活，惹得人们或好奇地围观，或惊惧地远离。一只羚牛懂得分寸，在村外待够了，转身回到了山林。另一只胆大，不满足闲逛，干脆在一户农家小院安了家，住了5天。

小院主人姓刘，喂着一条叫"白脖"的狗，多日后说到这事，还是一脸的惊恐和侥幸。那天下午3点多，刘女士正给鹅喂食，猛地听到白脖狂吠，循声一看，吓了一大跳。原来白脖在与一头"牛"较劲，那"牛"想闯进院子，白脖大叫着，堵着院门不让进。这头"牛"与家牛长得不一样，犄角粗壮弯曲，脖子下留着长长的"胡须"，浑身淡金黄色。

羚牛　　　　　　　　　　　　　　　　　（刘思阳　摄）

"哪来的羚牛，咋跑到村里来了？"刘女士是认识羚牛的，曾在画册里见过，知道它也是"秦岭四宝"，金贵得很。羚牛站在院门口，眼里的光不见散漫，刚毅沉稳，摆着硬要闯进来的架势。这么高大的家伙立在面前，显得白脖极其瘦小，它是叫吓着了，身子有点打颤，却尽着自己的职责，仍旧大声叫着，毫不相让。而羚牛也聪明，晓得四条腿"汪汪"的背后有两条腿的撑腰，那是真的厉害。它似乎害怕了白脖，只是静静地瞪着对方，没有再迈开步子。双方就这样僵住了，似乎谁也不想让步，谁也没有退路。

"白脖太小了，根本不是羚牛的对手！"刘女士听说过羚牛伤人的事儿，怕白脖吃亏，就把狗喊回来了。羚牛见让开了道，毫不客气，昂着头，很威严地迈着碎步，端直走进院子。就像进了自家院子，仅仅离开了一段时间，回来后开始四处巡查，这儿闻闻，那儿嗅嗅。

猜它是想喝水了，刘女士找来鹅喝水用的瓦罐，接满了水，准备给它喝。可是她怕羚牛会伤人，就不敢靠前。等羚牛稍微安静下来，她又将水送过去，但羚牛冷不防叫了一声，吓得她把水洒了一地。让她没想到的是，羚牛进院子后，竟在后院靠山崖的地方卧下了，似乎没有再走的打算。

羚牛是国宝，只要不伤人，就先让它待在院里。一番紧张思索，让她作出这样的决定。以后几天，没事时她便去后院偷偷观察，羚牛与鸡鹅井水不犯河水，各干各的事。饿了就在院子里吃杨柳枝，渴了就到院外喝渭水河的水，平时就静卧在崖石下休憩，享受温暖的阳光和村人惊奇的眼光。人与羚牛友好相处，慢慢地，刘女士不怎么怕了。但是"客人"却不辞而别了，这让她感到有些失落……

保护站的人说，近些年老县城村民环保意识增强，人们对野生动物多了一些友善和关爱，让羚牛这样凶猛的动物也不再恐惧人类。有人问过刘女士，看见羚牛进院为啥不找保护站，刘女士回答说，它不伤人，也不伤禽畜，就待到院子里，吃喝都不愁哩。

老县城，村民与大山融为一体，久居深山，户户以狩猎为生，也靠进山挖药补贴家用。他们熟稔动物们的影踪，知道哪块地是黑熊的领地，哪个岩洞是母熊猫育仔的园地，金丝猴的势力范围多大，羚牛群常在哪出没，野猪从哪条路线下来捣乱，心里是揣了面镜子，清楚得很。而今，他们对这些动物"居民"有了新的质朴情感，把它们当朋友，自觉地加以保护，狩猎的人也加入了保护者行列。

送羚牛回家

羚牛的天敌本来就少且又恢复缓慢，人类的关爱是羚牛幸福的源泉。羚牛是以数量成为"秦岭四宝"之最。这里辑录三则发生在佛坪的故事予以证实。

故事一：母羊的羚牛儿子

三官庙何姓村民在三星桥附近发现了一只刚出生4天的羚牛幼仔。它卧在路边一动不动，脐带未干，体毛浅褐色，柔软无光泽，四肢色深，面部浅褐色，吻部及两耳深褐色，背部棕褐色。幼仔能站立走动，却虚弱得很，不停发出"哞哞"的叫声。也许是羚牛妈妈受惊逃跑时把宝宝遗弃了。村民把羚牛宝宝抱在怀里，送到大古坪保护站。保护站的工作人员用开水冲了些牛奶粉，倒在盆里，递到羚牛幼仔嘴边，它却不喝。这可把大家急坏了，这样下去的话，过不了一天，小家伙就会饿死的。

他们干着急没办法，这时有个村民闻讯赶来，手里牵着只母羊。他说，他家母羊刚生了仔，奶水旺得很，小羊仔吃不完，干脆让小羚牛仔也吃吧。母羊看到小羚牛吃奶，不停地躲闪，拿蹄子踢，用角抵。两个人上前把母羊固定住，另一个人把小羚牛抱到羊胯下，掰开它的嘴，将奶头塞进去。它是饿急了，嘴巴蠕动着啜吸起来。宝宝尝到了甜头，欢实地摇着尾巴。此后，它要是觉得饿了，就自己钻到羊妈妈胯下吃奶。羊妈妈也不再拒绝，还幸福地"咩咩"叫唤，伸出软绵绵的舌头舔"羚牛儿子"的皮毛。小羚牛吃着羊奶，慢慢长大了。

羚牛妈妈："奇怪得很，走着走着，宝宝不见了！"（熊柏泉 摄）

保护站对面树林茂密，花草丰美，是羚牛理想的栖息地。羚牛幼仔在人们的簇拥下离开保护站，走过西河，还"恋恋不舍"地回头张望。哪知过了一会儿它又蹦蹦跳跳地回来了，"赖"在人们脚下。他们费了好大的劲，才护送羚牛幼仔到对面山坡，看着它欢快地钻进树林……

故事二：不请自来的"特殊客人"

一只羚牛在 20 米开外的河边"散步"，体型高大，毛色灰白，时而漫步，时而驻足，跨过河流沿河觅食，竟然走进东河台沟口李启红家院场。两条看门狗——黄狗和白狗发现后叫起来，引起房内李启红的注意。面对狗的吠叫，羚牛满不在乎，在院场里走过来转过去。李启红判断它没有攻击意图，遂小心翼翼走出房门，和黄狗一起把羚牛"请"到院场外。

"走哈，咱也去村子逛逛——" （熊柏泉 摄）

羚牛在院场外庄稼地里游逛了一阵，又沿河前行。家里那条白狗将其"相送"一程后返回。李启红与它保持10余米距离慢慢跟随，不时地在它附近抛掷小石块。驱赶、引导200多米，羚牛才从河道爬上山坡走进山林。

后来李启红给儿子办婚事，"噼里啪啦"鞭炮声迎来新娘，也邀来一位"特殊客人"——羚牛，给婚礼平添了许多喜庆。那天新娘刚迎娶进门，鞭炮声大作。这时，对面山林里出现了一只羚牛，一边从容下山，一边观望婚礼，还悠闲地在树干上蹭了几下犄角，径直来到一片菜地，旁若无人地吃起来。主人、客人大为惊奇，纷纷追逐观望"相送"。它却毫无惧色，饱餐一顿，潇洒离去。

这些年东河台村民与羚牛友好相处，经常碰面，彼此相安无事。羚牛常常天黑了来，站在院场，将硕大的牛头伸到窗前，透过玻璃和他们一起看电视。李启红满脸豪迈，却也流露出些许抱怨："羚牛晚上看电视时，我们没法出门上厕所，只好把尿桶放在屋里……"

故事三：被"遗落"的羚牛仔仔

这是我在三官庙时向导讲的一件救助羚牛幼仔的故事。

有年夏天，向导和几个人在光头山一片阳坡林间空地上，准备放下背包休息一会儿，突然，左前方一个灰白色的身影出现在眼前。

"一只羚牛——"大家顿时又惊又喜，又害怕惊扰它，立即慢慢蹲下，双眼注视它的一举一动。它把头埋在青草里吃着，并未察觉到他们的存在。过了一会儿，他们慢慢靠近。原来是一只羚牛仔，约莫两个月大。发现他们后，"噢"地蹿出很远，立在一块石头后面打量，稚气的眼睛里充满好奇和迷惑。

羚牛仔仔　　　　　　　　　　　　　　　　　（熊柏泉　摄）

见没有危险，它才放松了警惕性，开始在灌丛觅食，不一会儿，竟向他们这边走来。他们站起身，它就后退几步，并不跑远。突然，羚牛仔从坡上窜下来，然后绕到他们后面，跑到林中一个小水滩前，低头饮起水来。他们一下子明白过来，原来它就是为水而来的。饮完水，它又跑到山坡上觅食去了。

看着它孤孤单单的样子，他们不禁替小家伙担心起来。他们一路上并没见到羚牛群，可见小家伙是被妈妈"遗落"的。落单的成年羚牛都难生存，更何况这么个幼小的生命。他们希望羚牛妈妈或是其他同伴能把它带走，回到自己的大家庭，而不是孤独游荡在这危险的地方。

半天过去了，太阳从中天落到了山背后，只把橘红色的余晖涂抹在对面山头。羚牛仔还在山坡上吃草，似乎没有一点担忧和绝望。

它意识不到处境的危险，但他们得替它考虑呀。又等了一个多小时，天完全黑了，它却卧在了草丛中。远处传来隐隐的雷声，闪电如白色长蛇划过，刺得人睁不开眼睛。

雷阵雨眼看就要降临，待在大森林里非常危险。期盼着羚牛妈妈能来带走仔仔的希望已是渺茫，他们只好决定把小家伙带回保护站，帮它渡过这段脆弱的生命历程。于是，向导模仿起羚牛妈妈的叫声，小家伙果然朝着声音方向走过来，慢慢走进包围圈。大伙儿一拥而上按住它，捆住四蹄，打着手电，冒着大雨，连夜将它背到保护站。

第四辑
秦岭金丝猴乐园

果然,是金丝猴的别称。李时珍《本草纲目》记述:"果然,仁兽也。出西南诸山中。居树上,状如猿,白面黑颊,多髯而毛采斑斓。尾长于身,其末有歧,雨则以歧塞鼻也。喜群行,老者前,少者后。食相让,居相爱,生相聚,死相赴……"

人类以家庭为基本组成单位,金丝猴亦如此。

每个"家庭"由老年、中年、青年和幼仔组成,

群内分工明确,尊卑严格,

家长身份威望最高。

猴子是与人类基因最为接近的动物,

小猴子的叛逆期却来得格外早。

猴小宝半个月大的时候就想挣脱妈妈的怀抱"闯天下"……

洛克安娜金丝猴

金丝猴有100多万年的历史了，可它的现代命名才151年，和大熊猫命运极为相似，也是那个西方传教士的"无心插柳"。

金丝猴　　　　　　　　　　　　　　　　　　　（何鑫　摄）

法国神甫戴维见识大熊猫的第二年，也就是1870年，他又幸运地在四川邛崃山宝兴地区拜会到一种靓丽活泼、灵性可爱的深山隐者——金丝猴，一下子惊呆了，就把感慨写进了日记："这种猴色泽金黄而可爱，身体健壮，四肢肌肉特别发达。面部奇异，鼻孔朝天，几乎位于前额之上，像一只绿松石色的蝴蝶停立在面部中央。它们尾大而壮，背披金色长发，长期栖息在最高雪山的树林中……这是几个世纪以来中国艺术中的神祇，是令人推崇的理想的产物。"

他把一些金丝猴皮张标本带回国，在巴黎自然历史博物馆展出。1879年的一天，欧洲著名动物分类学家米尔恩·爱德华兹来博物馆参观，犹如一道闪电划过黑漆漆的夜空，突然目光被一件从未见过的猴子标本锁住了。站在那儿，半天也不动，细细瞅着，凝视着那蓝色脸盘上的朝天鼻，抚摸着其光滑明亮、闪烁夺目的金黄长毛，决意要为这一灵物取个美妙得体的大名。

他眯起双眼，沉思片刻，脑子里突然闪出16世纪一幅名画来。那画上绘着11世纪欧洲一位大美人——洛克安娜。据说，她是西欧十字军一个司令的夫人，俄罗斯著名的交际花，浑身珠光宝气，搽脂抹粉，描眉打鬓，脸颊鲜嫩，金黄黄的头发，高高翘起的狮子鼻，卖弄风骚的举止，俘获了好多达官贵人的眼球。亨利·米尔恩·爱德华兹会心得意地笑了，抓起笔来，借用这位翘鼻夫人的芳名，替这种猴子取了一个幽默好玩的官名——长着洛克安娜鼻子的猴。此后，这种珍稀动物，走出深山，走出中国，走向了全世界。

金丝猴这个大家族有四支血脉，即川金丝猴、滇金丝猴、黔金丝猴、越南金丝猴。前三支生活在云、贵、川，为中国所特有。秦岭金丝猴属于川金丝猴，英俊漂亮，尾巴和身子差不多长，瘦长的身体上生着柔软的金色长毛，像一件金黄色"披风"，毛长柔密，色彩绚丽，细亮如丝。两颊和额正中毛向脸中央伸展，露出两个凹陷的天蓝色眼圈和一个突出的天蓝色吻圈，鼻骨退化得没了鼻梁，鼻孔便向上翘起。这样的长相为它赢得"蓝面猴""仰鼻猴""小鼻天狗猴"的称谓。

同属灵长类,它们与人类的文明程度最为接近,社会结构、情感特点、性爱要求也很相似。它们也是社会性生存,以家庭为组成单位,分工明确,尊卑严格,崇尚自由,团结互助,全年过性生活却只在秋季怀孕,也有"同性恋"。

如今,人们采取食物招引的办法,把它们请出深山,请到周至玉皇庙、佛坪大坪峪、洋县华阳,和我们面对面做朋友。我是多次目睹金丝猴的调皮活泼,感叹它们是灵长类大家庭中最聪慧、最灵性的成员。

大坪峪金丝猴排座次　　　　　　　　　　　（雍严格　摄）

团 结 友 爱

猴子聪明得很，明白在危机四伏的山林里，友爱互助才是平安生活的法宝。这在明代李时珍《本草纲目》中有过记述："果然，仁兽也。出西南诸山中。居树上，状如猿，白面黑颊，多髯而毛采斑斓。尾长于身，其末有歧，雨则以歧塞鼻也。喜群行，老者前，少者后。食相让，居相爱，生相聚，死相赴。柳子所谓仁让孝慈者，是也。"果然，就是金丝猴的别称。

成员之间相互关照，一起觅食，一起玩耍休息。家长很爱护臣民，很少呵斥惩罚部下，上蹿下跳，与妻妾爬跨、挠痒、理毛，借以安抚后院。对待子女，显得很宽忍，抱抱这个又抱抱那个，充分显示它的尊长地位。它们和睦相处，爱护老幼病残，伙伴生病或受伤，其他猴子会争着上前救护。

曾听说一只母猴被绳索套住，它发出求救信号，大小猴子们蜂拥而来，咬断绳子，一只大公猴背上它疾飞而去。一群金丝猴过河，负责看管幼仔的哨猴粗心大意，让一只幼仔掉进河里，家长顿时大怒，狠狠地扇了哨猴几个耳光，还命令它下河把幼仔捞上来。

村里一位喜欢金丝猴的农民抱回走散的金丝猴幼仔，结果引来100

恩爱　　　　　　　　　　　　　　　　　　　　　（吴康　摄）

多只金丝猴把他家包围起来，两天两夜不肯离去，直到那村民把幼仔放了，才撤回山林。吉林某动物园一只猴子逃跑时遭电击致残，只剩下交叉的两条腿，受到家长的多年照顾。猴子们向来不安分，喜欢吵嘴打架，却极少欺负它。偶尔遭到侵犯，家长就会严厉制止。这位"猴坚强"也极聪慧，懂得自我保护，见到猴子们生了是非，动了拳脚，赶紧躲开，吃食时不争不抢……

　　金丝猴家族"长幼有序"，对"长者"很是孝敬。有了食物，必先让老猴食之。寻得野果之类的美味佳肴，群猴攀缘上树，由幼猴采摘，传递给蹲在树顶的老猴吃，余下的方才分食。谁敢违反"规矩"，老猴未吃而自己先食，定会受到"家法"惩罚。《贵州通志》则有更加形象的描述，称宗彝"形类猕猴而大，尾长四五尺而歧端，色苍黄，鼻露向"，"老者居上，子孙以次居下，老者简出，子孙搜岩得果，即传递而上，荐老者食……上者未食，下者不敢尝"。今天看来，古人对黔金丝猴习性的掌握，很接近当今生态学的观察结果。

金丝猴抱团团　　　　　　　　　　　　　　　（吴康　摄）

小猴儿是猴群的希望所在，受到整个家族的关爱呵护。妈妈不消说了，家长也是热心履行父亲的责任，除过亲热宝宝，更是密切留意着天空。要是觉察到鹰在头顶盘旋，立马发出最高级别的警戒信号，提醒妻子敌人来了，要把孩子照管好。"阿姨"们年纪轻，没有婚配，还没生过幼仔，对新生命尤感好奇，争抢着抚摸拥抱，有时就把宝宝拉扯得叽里呱啦乱叫唤。有的还是姐姐辈，主动帮母亲和阿姨们照顾弟妹。它们是在热身学习呢，为自己成年后生育孩子积累经验。这种"阿姨行为"，也存在于"秦岭四宝"之羚牛身上。母爱能在家庭内传染，有的母猴将自己的孩子互换，我抱你的，你抱我的。有的很"心贪"，干脆把两个宝宝都搂在胸前，自给自足地快乐着。天冷时，家族成员们抱成团，把宝宝们藏在最中间取暖，尽显家族爱幼之美德。

佛坪萌猴　　　　　（邹玉琪　摄）

小猴儿最是调皮可爱,没有顾忌,由着性子来。有时,以同伴的尾巴为玩具;有时,牵着柔软的树枝在树间跳跃,甚至敢在悬崖边的枝藤上表演"单臂小回环""双臂大回环""猴子捞月亮"。一个个累了,就停下来,紧紧抓住妈妈的体毛,找到奶头吮吸起来。吃饱了,便将小脑袋从妈妈胸前移开,眨巴着明亮的小眼睛,好奇地打量着周围。它们通体淡黄色,具有金属光泽,有时会惊恐地相互搂抱在一起,像极一个个嫩黄色绒线团。家长是家族里地位最高的,平时没"人"敢动它的头,小家伙们却不惧,爬上肩头,撕头发,扯耳朵。做父亲的一点儿也不恼,温柔地拥抱抚摸它们。

猴子王国

金丝猴家庭里的家长，像似古代的帝王，特权多得很啊。

金丝猴过着群体生活，一个猴群有几十只到上百只，大的群体达数百只。个体生命与群体生命高度合一，以群体性生活为个体存在形式。一两只金丝猴脱离团队的下场很可怕：要么孤独忧郁地死去，要么成为天敌的美餐。人类以家庭为基本组成单位，金丝猴亦如此。每个"家庭"由老年、中年、青年和幼仔组成。群内分工明确，尊卑严格，家长身份威望最高，"望山猴""哨猴"次之，成年母猴和新进门的猴子地位最低，"光棍猴"命运最背，哺乳期幼仔最受优待。

金丝猴一家　　　　　（曹庆　摄）

熊猫专家雍严格在博文《王者风范》中写道："每一个猴群是由若干个家族群组成，而每一个家族群中却有一个年轻力壮的雄性头猴。头猴不是通过打斗而获得权力的，它们是以交配能力而占有这个家族群的。当这只头猴交配能力下降之后，自然会由另一只性能力更强的年轻公猴所代替。"

我认为这是一个重要结论！"头猴不是通过打斗而获得权力的"，那"性能力更强的年轻公猴"是如何代替"交配能力下降"的头猴的呢？没有武力的和平接班，倒有尧舜禹的风范。只是猴子是我们的祖宗，可见禅让制也不是先民的首创，倒是老祖宗猴子的发明。

可又一思量，疑惑就蹿上脑壳来：同属灵长类，金丝猴和我们的相似处多得很，我们人类还喜欢占着茅坑不拉屎，老公猴的境界和"大局意识"就这么高？

每个群猴家庭都有家长，是强者间通过激烈拼搏打斗而产生的。雄猴们都拼着命争做家长，就是缘于其在猴群中享有的特权多呀。譬如家长可以把尾巴翘得高高的，以显示身份的尊贵，其他猴子就不敢，除非要发起"王位"争夺战。猴王在位期间说一不二，众猴必须听从，不得违抗，有了好吃的，总要让它先吃。猴王多吃多占，还享有"一夫多妻"特权，大多成年母猴都是它的"王妃"。家长拥有"三宫六院，妻妾成群"，不但威风，而且还很享受。

家庭内部，家长唯一，母猴却有好几个，它们都想与雄猴交配，就得"竞争上岗"。于是便主动献媚，想着招数，变换邀配姿势地点，企图吸引家长瞩目。有时候，邀配场面很激烈，家长根本顾不过来，只好选择最心仪的对象。这是不是很像古代帝王宠幸妃子的场景？

和人类相似，金丝猴家庭里权利与义务相伴相随，家长既享受特权，又负有保护家小之职。家长的本领大小与群猴的兴衰关系很大，家长英勇顽强，骁勇善战，遇有敌情，总是奋不顾身，冲锋陷阵，保卫家庭健

献媚　　　　　　　　　　　　（郭友军　摄）

旺，保护自身地位。

　　猴群不相信眼泪，力量才拥有第一发言权。丛林世界，社会法则与自然法则并存，必须尊崇自然法则，一切原则必须首先服从种族生存原则。种族生存、繁衍是根本利益，任何个体利益都要服从于这个大局。任何一个家长显露衰相，或不思进取，或贪图权位，或玩忽职守，立即会被年轻体壮的成年雄猴取代。哪怕知道家长就是自己的生身父亲，也会将其毫不留情地赶走，由自己来统领这个有着生母、姐妹的大家庭。挑战者觉得实力够了，便当着家长的面翘尾巴，直直的，像似旗杆，随之展开厮打，若打败家长，再与其他竞争者比拼，最后的冠军荣任新一届家长。这样既满足了性欲，又避免了近亲繁殖，能带来家族的繁荣昌盛，乃是压倒一切的头等大事。

　　这和大熊猫比武招亲的擂台赛很相像，只是金丝猴家长要当几年，熊猫冠军年年要筛选。那些败下阵来的猴子，带着鲜血与伤残加入"光棍猴"俱乐部，学着勾践卧薪尝胆，随时谋划着东山再起。而失去"王位"的家长，下场是很惨的，被驱逐出群，四处流浪，独自应对山林里的种种不测与厄运。

光棍猴"同性恋"

"光棍猴",与人间光棍汉命运大抵差不离,有的找不下对象,有的一辈子打单身。这是一个特殊群落,全是半大雄猴,是交配权争夺战的失意者和那些尚未成年的猴子,只能远处观望,稍微有靠近动作,便会招来家长毒打,却也野心勃勃意欲挑战取代家长。希望与失望,欢喜和悲伤,裹挟着它们的命运。

它们享受过幸福,只是太短暂了。它们断奶了,慢慢长大了,母亲不再给予多少关爱,并开始有意识疏远。亚成体母猴会继续留在家庭,过自己的日子,与家长结婚,生儿育女,有点像人类早期母系氏族社会。亚成体公猴,都要离家出走,变成"光棍汉",加入到小公猴们汇集的群体——"单身俱乐部"。这是自然法则所决定的,而一岁半的大熊猫,也要接受这样的命运裁决。

"单身俱乐部"里的猴子,绝不甘心命运摆布,潦倒一生。它们活跃在家庭外围,随时准备着通过武力替换家长,过把妻妾成群的瘾。要想获得异性青睐,只有两个途径:要么相貌英俊潇洒,把家长群里的"美女"勾引一个或几个,远走他乡;要么冲进去打败家长夺得王位,这是需要力量和智慧的,一味蛮干将付出沉重的代价。打斗的过程激烈而残酷,谁也不让谁,因为成功的荣耀与失败的惨烈,有着天壤之别。有的"光棍猴"能改变命运,让自己晋升"家长",拥有三妻四妾;有的"光棍猴"却只能光棍一生,孤独一生。

母猴"冷宫"寂寞难耐,又被"美男"勾引,挡不住诱惑,也会"半推半就"接受新欢。我看见一只"光棍猴"在群外徘徊,时时窥探,寻找机会拈花惹草。这不,刚爬跨一只母猴的家长,待在一块大石头上歇气,一只"光棍猴"瞅准时机冲过来,从背后抱住母猴。等家长赶来,它已销魂完毕,逃到一棵松树上。家长气得七窍生烟,撵上树揪住就是几耳光,又是狠劲一揉。"光棍猴"体力不支,精力不集中,下落时没有抓住树梢,重重地摔在石头上。"吱哇"一声大叫,再没了声息,软塌塌地瘫在那里。

"我们拉拉手吧!" （何鑫 摄）

我还看到这样好笑的一幕:一只"光棍猴"趁着家长不在身边,强行搂抱一只母猴欲行不轨。这时一只半大猴子——可能是母猴的孩子,正在母猴头顶"荡秋千",看到母亲的尴尬处境,猛地跳下来,恰好落在"光棍猴"身上,一把揪住其头上的黄毛就扯,疼得"光棍猴"乱叫唤。好事被打搅，"光棍猴"气得发狂，正要还手，家长迅速赶来，"光棍猴"落荒而逃。

有些雄猴命背，注定打一辈子光棍，没法发泄，只好彼此抚慰，搞起"同性恋"来。在大坪峪，我曾见几只体格健壮的成年雄猴，彼此"喜欢"上了，旁若无人地做些"亲密"举动，相互梳理毛发爬跨。平时闲来无事，两只小公猴会模仿成年公猴，做出交配动作。这是小公猴们时常玩的游戏，也是为将来作准备。

爱情热烈浪漫，柔情尽显，雄、雌猴恋爱时常常互相拥抱，抚摸理毛。同性恋现象也在猕猴中时有发生。雌猕猴彼此容易结成紧密关系，临时上演"一夫一妻"制；雄猕猴间也存在同性恋行为，只不过游戏结束后，会立即离开对方，就像人类社会里所谓的"一夜情"。

"我能一辈子打光棍？" （蔡琼 摄）

舍身救子，母子情深

天下颂扬人类母爱的文字，不知道有多少。可有谁知道，金丝猴妈妈也是个模范母亲。

金丝猴妈妈把抚育后代作为第一要务，爱护宝宝胜过自己，宁愿挨冻受饿也不让宝宝受半点委屈。宝宝刚出生，猴妈妈将它紧紧搂在怀里，像人类母亲抚育襁褓中的婴儿，还用舌头轻轻舔干宝宝湿乎乎的胎毛。宝宝紧紧抓住妈妈的体毛寻找乳头，妈妈赶紧把乳头放入宝宝乖巧的小口中，宝宝本能地吮动小嘴。有了妈妈甘甜的乳汁和无微不至的关怀，小宝宝慢慢长大。

猴爸爸也想亲亲宝宝，就先讨好妻子，轻柔地为她理毛，拣痂皮，献尽殷勤。猴妈妈却不给丈夫机会，生气地瞪着，要么迅速跑开——她是怕丈夫动作粗鲁会吓着宝宝。说来也奇怪，猴妈妈拒绝丈夫亲昵，却不反对家族里其他母猴。它们将宝宝互换，你抱我的，我抱你的。更有那些未成年母猴也来凑热闹，好奇地搂抱个弟妹或邻家猴宝宝，蹿进猴群炫耀一番。猴妈妈才不放心这些"未婚女"呢，紧紧跟着，生怕出啥闪失。这些行为，被动物学家称之为"阿姨现象""姐姐行为"，能使哺乳期的母猴有足够时间补充体力，也给未生育母猴提供了学习育幼的机

金丝猴一家子　　　　　　　　　（魏永贤　摄）

会，更增进了家族内部的和睦相处，营造温馨的家庭氛围。

　　猴子是与人类基因最为接近的动物，小猴子的叛逆期却来得格外早。猴小宝半个月大的时候就想挣脱妈妈的怀抱"闯天下"，猴妈妈也是及早担忧并要提前防范。每当猴小宝准备冒险，猴妈妈就把它紧紧搂在胸前，或者拽住它的尾巴，丝毫不给宝宝自由。宝宝大些了，就跟着妈妈觅食，自觉用前肢抓着妈妈腰部，将身体倒挂在妈妈肚子下面。妈妈知道，宝宝总有一天要离开自己独闯天下，宝宝到几米外的地方玩耍，它不再干涉，只是慈祥地看着。宝宝们若为一点小事打起架来，妈妈就会连忙跑过去劝架，或者把捣蛋的小宝宝"训斥"一番。遇有危险，猴妈妈或其他成年猴会抱着宝宝逃生。

　　母猴为保护幼仔，可以不顾及自身性命。确信无法摆脱危险，猴妈妈就赶紧把宝宝抱在怀里喂奶，似乎担心死后宝宝没奶吃；还做出各种姿势央求不要伤害宝宝，自己愿意替死。《太平广记》中有这么一则感人而悲伤的记载：母猴中箭了，赶紧放下怀中幼仔。仔仔依恋母亲，没走多远，又返回投向妈妈怀中。母猴忍痛推下幼仔，让其赶快逃命，仔仔哀痛啼哭，就是不挪步，最后都被猎杀了。

结局的凄惨打败了感动，令人辛酸心痛。后来听熊猫专家雍严格讲金丝猴妈妈舍身救子的经过，更是温暖了我，震撼了我：猎人把一只带仔的母金丝猴追赶上一棵大树，大树周围空旷，母子俩已经无路可逃。枪法最准的那个猎人瞄准它们，准备射击。面对黑洞洞的枪口，陷入绝境的猴妈妈将宝宝紧紧搂在怀里，从容地喂奶，等宝宝吸吮完了，便把它搁在身旁一个树杈上，摘了些树叶，将剩余的奶水一滴滴挤在上面，摆在宝宝够得到的地方。猴妈妈把奶水挤干了，用左前爪指着宝宝不停地摇晃，再将爪子移回自己胸部，仿佛在说："求求你们，饶了孩子吧，要打就打我！"猴妈妈把自己认为该做的都做了，然后坦然地双手捂住脸，静静地等待死亡。那个猎人明白了它的意思，那坚硬如金刚石的心瞬间软化成一块石墨。他面对的不是一只猴子，而是一个伟大的母亲。猎人无力地放下手中的枪，从此不再打猎。

金丝猴妈妈舍身救子，已经让我们深受感动，而还有更令人为之震撼的呢。有的猴妈妈竟然携带死婴，这种极端的母爱惊天动地。那年四月中旬，秦岭地区倒春寒，雪大风硬，持续多日，佛坪大坪峪一只小猴子冻饿而死。母猴把它抱在怀里，脑袋和胳膊耷拉着，干瘪的身体像摊泥一样，不听使唤地往下堆。猴妈妈还是紧搂在怀里，呆呆地盯着，细心摘着宝宝身上的杂物。

猴妈妈后来意识到了，眼神愈加悲伤，疯了般上蹿下跳。看着其他母子翻腾跳跃，自己抱着宝宝躲在远处，悲痛地哀号，让人撕心裂肺。十多天后，宝宝的尸体风干得失了模样，猴妈妈没有绝望，坚信宝宝活着，不时舔舔小猴的毛，携带着干尸觅食。

"母猴在那些天里瘦了很多，让我感到心酸。携带死婴行走觅食，很不容易。我想把小猴子的尸体掩埋了，却一直没法如愿。猴妈妈见我接近，带着死婴就跑，要么就对我又抓又咬……"景区工作人员说着，眼角都有些红。

猴群抢仔

三月中旬到华阳，春姑娘已抢了先，自己穿得鲜净，还要把山里打扮清新漂亮，就忙得不行，没空理识我这个闲人。我也乐得清静，正好扑下身子，感受华阳，感受那蓬勃的生命，倾听金丝猴的抢仔秘闻。

阳春三月气象新，草长莺飞风和煦，飞鸟走兽们更是兴奋得合不拢嘴。画眉一声呼喊，大山雀首先响应，众鸟纷纷参与进来，奏起和而不同的交响乐。农家的大公鸡一声声凑着热闹，不再留心它的母鸡妻子；布谷鸟早早地来了，催着人们种庄稼；啄木鸟知道虫子开始冒头，顾不上谈恋爱，桦树上瞅瞅，柳树上盯盯，尽职尽责，尽显医者本色，顺便尝尝美味；噪鹃往往在黄昏或雨天的夜里宣示自己的主权，"狗嗷——狗嗷——"地叫，像似乡村婴儿拉了便便，妈妈唤着狗儿来舔食，被我们唤作狗嗷雀；黄豆雀飞来飞去找地方做窝，要把恋爱的结晶妥善安顿好，辛苦着，快乐着，惹得春姑娘都为它们鼓掌；松鼠从这个枝头跳到那个枝丫，跳跃飞荡，释放一个冬天的沉闷，高兴地忘了呼朋唤友；熊瞎子（黑熊俗称）睡醒了，揉揉肿胀的眼眶，悄悄钻出洞，被中午的光线刺得睁不开眼，不敢动了，静静地待着，适应好了，才慢腾腾走进林子，去寻通便的药材了。

金丝猴最是开心，大饥荒的时代暂时终结，食物渐渐丰盈爽口，它们呼朋唤友，拖儿带女，在丛林间飞跃跳荡，谈谈情，说说爱，尊尊老，抚抚小，尽享一个个大家庭的和睦兴旺。金丝猴以高山森林为家，地面活动较少，四肢灵活，善攀缘跳跃，动作轻盈，敏捷优美，后肢极富弹力，在树枝间可跃 3~4 米，若是两树相距较远或为逃生避险，亦可飞跃 7~10 米。

华阳保护站的人给我讲过一次猴妈妈救仔的事情经过。那年秋天，他们在山里巡查，遇到一群金丝猴，距离百多米时，被猴群发觉了，顿时仓皇而逃。一只小猴子没有跑，却在树上不住挣扎，惊恐地叫唤。原来它在玩耍时不小心将尾巴缠绕在一个枝杈上被卡住了。猴妈妈听见孩子喊叫，又折过来，抱着它使劲扯。卡住的尾巴拉不出来，孩子疼得哇哇大叫。粗心莽撞的猴妈妈没有松手，继续使劲帮孩子拽尾巴。猴妈妈用力过猛，眼看着把尾巴就要扯断了。小猴子叫唤的声音更加凄厉，听得人心疼。见此情景，他赶紧爬上树，把小猴子的尾巴从树杈上解开，让猴妈妈带走孩子。

多年前，还发生过一件非常感人的事：有一年春节，林业工人们下山回家过节，留下一个陕北来的工人看守。这人偶然见到一只掉队的金丝猴幼仔，那只出生两天左右的幼仔，在家庭迁移时母猴没有抓紧，小猴子从 20 多米高的树上掉下来，一直那么躺在地上，动也不动。他以为摔死了，慢慢走到跟前，小猴仔似乎对人天生恐惧，一见他，顿时活蹦乱跳起来。他想，母猴丢了孩子，一定会返回来寻找的，就躲在 10 米开外的一块石头后，耐心等待。天都黑了，也不见猴妈妈的影子。他犯了难，心想要是把小猴仔放在这里过夜，会被果子狸、黄鼠狼吃掉的。于是就把小猴仔带回工棚，冲好奶粉，灌进奶瓶，往它嘴里喂食。小猴仔惊恐极了，挣扎着，紧紧闭着嘴巴。

当天晚上，有一大群猴儿赶下来，把工棚包围了起来。它们朝工棚发出阵阵怒吼,要夺回幼仔。他实在不愿把这唯一的小伙伴还给猴群,想法弄来好吃的,可它宁肯挨饿还是不吃。猴群还在大声吼叫,摆出誓不罢休的架势,仿佛冰块遇到炭火。他知道,猴群是不会允许自己把幼仔留在身边的,它们太爱护后代了。两天后,他打开门,轻轻抱着幼仔,将它放在院坝边的一块石头上,慢慢退回房子,从窗子往外瞧。一只母猴一眼瞅见孩子,激动地蹦下地,扑过来,一下子把宝宝搂进怀里,迅速攀爬上树。猴妈妈高兴地吱吱叫唤,不停地抚摸着,又把奶头塞进孩子嘴里。等到吃饱了,猴妈妈才带着它飞奔而去。

金丝猴哺乳幼仔　　　　　　　　　　　　　　　　(赵鹏鹏　摄)

他被猴群的顽强精神与浓浓的亲情所感化,并为之动容。看着猴妈妈衔着宝宝飞跃而去,他的眼眶一下子湿润了。

"贵客"串门

"偷"苹果的小猴　　（吴燕峰　摄）

相比熊猫的温柔、羚牛的大胆，金丝猴最是机敏胆小，野外还没被人发觉已经跑得没了踪影。也许金丝猴知道，它们的祖先与人类同宗，两条腿的家伙也不总是青面獠牙、冷酷无情，所以有些金丝猴慢慢走近人类，开始亲近人类。

那年冬天，一个早晨，大古坪一位王姓村民起床后和往常一样查看鸡圈。鸡圈里有一只毛茸茸的动物，缩成一团，瑟瑟发抖，走近一看，竟是只金丝猴。他非常惊奇，试图接近以看个究竟，谁知这家伙似乎受到惊吓，不顾一切地冲出鸡圈，跳到一旁的河边，躲进一个石洞。邻居也闻声赶来，两人一起慢慢靠近，将其从狭小的石洞里抱出来。

"贵客"串门的消息很快传遍了山村，大家纷纷赶来看望，你给一个苹果，他送一根香蕉……人们的友善与厚待使小猴子慢慢消除了胆怯，与人们亲近起来，上蹿下跳，坦然接受人们的抚摸搂抱，还不时地做个鬼脸。待小猴子吃饱喝足后，人们把它抱到镇林业站。林业站专门为其收拾了一间房子，准备了食物和水，经过初步检查，确认没有明显外伤。

喂养观察了几天，金丝猴的体质精神恢复如常。原本想让它多休养些时日，可它渴望自由和向往山林的愿望强烈起来，开始不吃不喝，一副病恹恹的模样。作为灵长类的猴子，性情脆弱，受到禁闭会产生心灵损害，引起身体病态，甚至绝食。工作人员经过商量，便给它饱餐一顿苹果、香蕉，然后把它送回山林。

类似这样的见闻在大古坪却也不少。宋建军家门前30多米远处有棵大树，一只金丝猴躲在了上面，恰巧让村民李元尚看到了，就赶紧告诉老宋。他们一起来到树下，猴子坐在树上，毛色金黄，面孔淡蓝，像是成年母猴，腹部隆起，反应还算敏捷。可眼下不是金丝猴怀孕的季节，他们觉得不太正常，回家拿来水果，把梨子插在竹竿上举到猴子面前，猴子接住就吃。大家又把西瓜切开放到树下，猴子立即溜下树，坐在树下大嚼大咽起来。不一会竟然还跑到人跟前来，顺手取过人们手上的梨子，张嘴就吃，一点也不怯生，把大家惊讶得合不拢嘴。

保护站的工作人员和包村干部赶来，仔细观察一番，也感到有些异常，便向佛坪县野生动植物保护管理站报告。猴儿吃饱后，上树玩耍，睡午觉。而他们继续守护在树下，以防止狗来追咬。下午两点多，野管站站长开车来了。大家把梨子放进铁笼，猴子毫无戒心，钻进去便吃了起来，没费丁点力气就把它关进了铁笼，送到周至楼观台的陕西省珍稀野生动物抢救饲养研究中心治疗。

还有一则佛坪上沙窝村救助金丝猴的事，也挺有意思的。有一年二月初，一只金丝猴生病了，几天没吃没喝，身子非常虚弱，就冒险溜进上沙窝村，却遭到狗的攻击，一时危急万分。那天早晨，段茂勇正在离家不远的水泥路上行走，看到一只狗突然狂吠着蹿向河道，一只动物在狗的追咬下东躲西逃，上下腾跃，远远望去一身金黄，好像是只金丝猴。长相很典型：头、腹毛色金黄，颈背部毛色黄中杂黑，面孔淡蓝色，鼻孔向上仰起。一会儿跳上树枝，一会儿钻进灌木丛，开始还敏捷地躲闪，渐感体力不支，动作缓慢下来。段茂勇赶紧跑过去，急忙上前吆喝着，用树枝把狗赶开，伸手去拉。猴儿这下得救了，毫不犹豫地伸出前爪搭在他手上，随他回到家里。金丝猴精神萎靡，后腿有伤，对他家人有些害怕，给苹果也不吃。他把苹果切成小块来喂，这才大口大口吃起来。村民们闻讯送来水果，它也不再"客气"，接过人们递来的食物饱餐一顿。

后来，县林业局、长角坝乡政府领导干部、专业人员赶来，细心检查后发觉伤势不重，只是体质较弱，有生病迹象，决定送往楼观台珍稀野生动物抢救饲养中心。人们拿来铁笼子，想让猴儿进去，它却怎么也不肯，来回跳跃，不停怒吼。段茂勇上前轻轻抚摸，为它理毛搔痒，一番安抚后，猴儿才乖乖进了笼子。

空 中 飞 猴

  大坪峪叫人着迷的除过大熊猫，还有金丝猴，一百多只呢。我多次去过那里，目睹着金丝猴的调皮活泼，遂感慨它们是灵长类大家庭中最聪慧灵性的成员。佛坪县文物旅游局采取人工饲喂、跟踪观察的招数，招引猴群到山谷平坦处，供游人观赏。

  景区工作人员申彦军在百鸟园附近听到"叽叽叽"的叫声，仔细一瞅，原来是群金丝猴，十四五只，四五只大猴子毛色金黄闪亮，小猴子毛色灰黄，面部呈浅蓝色。它们在不远处的河谷追逐嬉戏，有的蹲伏树枝自在采食，有的坐在岩石上东张西望。不一会儿，大猴子见到人，开始警觉起来，小猴子则旁若无人地继续玩闹。几分钟后，一阵"嘎——嘎"尖叫和树枝断裂声，猴子们闪挪腾跃，迅速消失于茂密丛林，只留下无风而动的树林。

  猴子在森林里飞荡是文字难以描述的：它们在十多米高的树上相互穿插跳跃，体态轻巧如燕，一纵身越出十米开外，飞来荡去，蹿上树梢，细枝纷纷断裂。随着一声咳嗽或大叫，它们会猛然向外或向下飞出去，再用手或脚吊在另一棵树枝上，跳跃飞荡，狂喊大笑……

姿势太潇洒了　　　　　　　　　　　　　　（何鑫　摄）

我是仔细观察过一只成年猴攀缘跳跃全过程的：它用前肢将握住的枝头用力往后拉，又用后肢往下压，借助树枝的弹力猛然腾空一跃，飞向另一个枝头，非常灵巧地抓住那个树枝。后肢刚要蹬踏下面一个树枝时，那个树枝却经不住重压，"咔嚓"断了，眼看就要跌落坠地。我紧张地为它捏了一把汗，没想到它在悬空的那一刹那，居然跃上另一个枝头。

猴子们在树梢间蹿跳飞跃，很潇洒，也有风险，雨天树滑容易掉下来。伍明娃看到一只公猴从树梢失足掉下来，没有摔在湿软的泥地里，却掉在了石头上，四仰八叉，好久不动弹。他还以为它死了呢，就想去收尸。哪知七八分钟后，它竟然慢慢地爬起来，一瘸一拐地走了，很坚强，一声不吭。

伍明娃说，猴子受伤后会采些有药效的树叶吃，慢慢就好了。要是伤势严重，又得不到人类救助，命就可能会保不住的。

金丝猴的飞跃弹跳力惊人　　　　　　　　　　（赵鹏鹏　摄）

在一次探访猴寨时观赏了一只猴王的风采。一只形体健壮、毛色漂亮的金丝猴从这个树枝荡到那个树枝上，前肢拉住树枝用力摇晃，弯曲后肢猛力蹬脚，借助于树枝的反弹力，一个鱼跃蹦入空中，扬臂收腹，眨眼间跳上五米开外的另一个树枝。后肢刚刚触到新枝，还未站稳，早已伸出前肢，飞快地抓牢另一树枝。猴子们纷纷让道，轻声呼唤，点头哈腰。向导说，这是猴群的家长，大小猴子都听它指挥，走到哪，群猴跟到哪，十分威风。

金丝猴家庭内部，家长最是威风潇洒，它从一个树枝弹跳到另一个树枝，阳光照耀下，金光闪闪，猴毛像雨丝乱飞。然而，争取家长的战斗是残酷的，一旦做了家长就拥有群内特权。为了这一权力的获得，任何付出都是值得的。家长常常上蹿下跳，与妻妾亲昵，安抚后院。对猴子猴女们，抱抱这个摸摸那个，借以彰显自己的宠爱。

哥儿们，我来自拍哈

猴儿们把大坪峪当成"家"，每天清晨随着引猴人的招呼声，从山顶下到投食点，享受其他猴子享受不到的美餐，吃着祖先们没有吃过的苹果、香蕉，攀枝跳跃，嬉戏玩耍，对游客的观赏拍照见怪不怪，还常常摆出各种搞笑姿势，娱人悦己。

远处传来一阵尖锐快速的嘈杂声，陌生又熟悉，夹杂着小猴子在妈妈身边撒娇的声音，还有威武的雄性金丝猴发出的怒吼。"天上的影子，地下的棍子"，附近到处是猴子活动时留下的痕迹。只见喂猴人几声呼叫，猴子们纷纷跳下树，开始争抢食物，呼唤声、树枝折断声与争抢食物的声音响成一片。

金丝猴以"家庭"为基本组成单位。一个家庭有一个家长，其本领大小关系着家庭的荣辱兴衰，因此享有很高的地位，拥有多个"老婆"。权力与压力共存，它要带领群猴与其他家庭争夺领地和食物，还要防止"光棍猴"勾引"老婆"、挑战"领袖"地位。

金丝猴家族内部团结互助，尊老爱幼。猴群之间却是区别对待，寸土必夺，寸利必争，胜者称霸，独享领地、食物。真应了那句"人多势众力量大"的古话，成员越多的家庭，家族群中地位越高。最先下来这

大坪峪观赏金丝猴　　　　　　　　　　　　（赵建强　摄）

群，约莫三十多只，是猴丁最旺的家庭，占领了全部喂食场。老猴子和一些成年猴子跑到人跟前捡苹果、香蕉，任我们尽情饱览拍摄，一副不管不顾的模样。家长体魄健壮，威风凛凛，小猴子依偎在母猴怀里好奇地打量我们。第二批相对强壮的家族来了，它们先在一边吃食，慢慢向喂食场中心推进。

第一批的家长见状大为恼火，立即组织臣民发动攻击。就像古代的对垒战，一方进攻，一方防守。双方家长冲锋在前，臣民们摇旗呐喊，互相厮杀成一团。规模小点的猴群吃不起眼前亏，撒腿就跑，胜利者见好就收，也不追击，而是继续享受食物。那些猴丁不旺的家庭，只好捡食残羹剩汤；"光棍猴"很可怜，只能扒拉些猴群剩下的渣滓。最后前来扫荡的，是林中那些更加弱势的邻居——松鼠和鸟儿。

吃过食物的猴子开始嬉戏休憩，有的相互梳理毛发，有的互相抱着取暖睡觉，有的闭目养神，有的东张西望，有的跳跃攀爬，有的腾挪飞荡，有的追逐打闹，甚是开心。一只母猴抱着孩子，温柔地梳理着小家

"套近乎" （雍严格 摄）

伙的毛发；一只小猴子趴在母猴背上，耐心细致地给妈妈搔痒，母子俩吱吱喳喳个不停，有着说不完的贴心话。金丝猴家庭里有家长，这个角色由大公猴出任，它比其他公猴体形大而健壮，毛色更加金黄鲜亮，脸部的淡蓝色晕也更加迷人。我们看见大公猴在树枝间慢悠悠地跳来荡去，最后蹲在枝丫上。几只雌猴围过来，温情脉脉地为它清理毛发。

　　记不清来过大坪峪多少次了，只有一次得到管理员曹斌的允许，我大着胆子翻越围栏——也就是横着的几根粗木棒，把人与猴子分开——走进猴寨去拍照。与一只公猴相距不过半米，举着手机对着它，心里非常紧张，要是被它抢走手机或抓我一下，那都很麻烦。所幸它很配合，一动不动地望着我。当我把手机对着一对金丝猴母子时，相距1米多，猴妈妈便发出尖利的警告，我赶紧拍了两张，就快速翻出围栏外。围栏是界线，里面是它们的生活园地。秦岭金丝猴生性文明温柔，比峨眉山猕猴的脾气不知好了多少倍，可人类的过分亲近，对它们的成长还是会有诸多不利。

以往每次去金丝猴大峡谷，总见到它们不安分，不是为食物、地盘和异性争抢打斗，就是在跳跃嬉戏，荡秋千，秀恩爱，享受各种快乐。也许是刚刚进过食，这一次猴儿们竟然清静下来了。大部分金丝猴坐在地上，母亲把孩子搂在怀里，静静地享受生命中的岁月静好和母爱的温情。只有少数几只半大猴子在树枝间跳荡，互相挑逗，你抓我一把，我咬你一口，吱哇乱叫，却丝毫打不破猴群的宁静，那是水都泼不进去的宁静。

哥儿们，我来自拍哈！　　　　　　　　　　（赵建强　摄）

这时一位同行的朋友刚将镜头对准一只半大猴子，还没按下快门，猴儿却将"手"搭在相机上，仿佛在说："哥儿们，我来自拍哈！"

叩访金丝猴

三官庙瓦房沟里有一群金丝猴，七八十只呢。这天我们早早吃过饭，专门去拜访。

清晨，鸟儿又开始举行盛大的音乐会，微风阵阵，吹皱千沟万壑碧绿的竹林树叶，红彤彤的朝阳映出它们纵横交错的叶脉。沟谷险峻陡峭，我们走得气喘吁吁，有些上气不接下气。衣服割破了，皮肤划破了，头发里满是尘土、树叶的碎屑，衣服裤子被汗渍得硬邦邦的。面前是一条小溪，像一条银白色的绸带在山谷里飘摆。轻轻掬一把溪水，润了润干渴的嗓子，洗了洗面颊上的汗渍污垢，甘甜爽口的河水浸润着肌肤里的每一个细胞，舒适惬意，飘飘欲仙，忘掉劳累饥饿和被树枝划破或被马蜂蜇后的疼痛以及撞见秦岭蝮蛇的后怕。

跨过小溪，钻过密林，在一片阔叶林下觅到猴子活动的踪迹：到处是它们扬弃的树枝、新鲜的枝叶、没有成熟的浆果、算盘珠似的暗褐色粪便，高亢、爽朗、尖利的喧哗声此起彼伏。我们爬上一棵粗壮的桦树，攀到枝丫上，双腿绞着，双手搂着，生怕掉下来。风吹动了大树，我们也随着摇晃，心便随之提到了嗓子眼。

向导轻声叫道："快看——"顺着他手指的方向看去，对面山坡丛林中有一群金丝猴，正在戏玩，采食树枝嫩芽。我激动地朝猴群奔去，老何急忙喊道："别急，那样会惊动猴子的。我从前面截住，你们从后面跟踪。"我们什么也不顾，冲下陡峭的山谷，爬上山坡，翻过两座山岭，然后就被那"啊呜——叽叽"乱叫的猴子团团围住，陶醉于这奇异的热闹中，仿佛也是一只只"猴王"了。

金丝猴摄食　　　　　　　　　　　　　　　　　　（吴康　摄）

头顶不断有树叶飘下来，枯枝的断裂声连同群猴的呼叫声混成一团，震耳欲聋。它们在树上坐着、走着、攀爬、跳跃，甚至追逐斗殴，仿佛所有的树都在晃动，好像满山都是猴子。透过浓密的树叶间隙，我们看到70多只金丝猴，老、中、青、幼皆有。一只大公猴神态惹人注目，体格高大，目光犀利，威风凛凛，颇有霸气，背部毛色格外金黄，柔长飘逸。三只哨猴借着树枝的弹性，在二十多米高的树梢上敏捷从容地跳跃，一荡一跳可达六七米。它们不时地站立树冠顶端，手搭凉棚东张西望，神态酷似侦察兵。向导轻声说，金丝猴性情机警多疑，每到一处总要派出几只雄猴攀上树顶警戒，其他成员则放心取食，或追逐嬉戏。遇到危险时，警戒的雄猴会立刻发出"呼哈——呼哈"的报警声，成员们便会立即大声呼应，有秩序地撤退，绝不慌乱。

"不要挨得太紧了，别把宝宝挤痛了！"　　　　　（何鑫　摄）

日挂中天，林子暖和起来。它们在高大茂盛的树上如履平地，非常敏捷，蹲踞俯仰，攀爬跳跃，追逐打闹，挠痒理毛，打盹休憩。几只小猴儿在枝丫上跳来荡去，昂首举目，身体斜倾，前肢向前上方伸展，后肢持蹬踏的姿势，长尾飘飘，阳光勾勒出它们毛茸茸的轮廓。有时候，猴儿们攀缘至树顶梢，突然空翻向下，接连几个腾空翻，然后抓住最底层的枝丫，再腾跃到另一棵树上。小猴儿把练武艺抓得紧，大部分时光用来腾挪跳跃，实在累了才回到妈妈身边休憩吃奶。妈妈伸出长手一抓，拎起小猴儿往怀里一揽，便给孩子喂奶。妈妈奔走觅食时，孩子抱住妈妈的腹部，不分不离。妈妈多了个"包袱"，却看不出丝毫的沉重，依然是那么欢快飘逸。几只成年猴抢着抱一只小猴子，把小家伙逗得哇哇直叫。有两只猴子一会儿依偎，一会儿拥抱，在谈情说爱呢。几只小猴子不甘寂寞，窜到面前扮鬼脸，也被它们轰跑了。

看得兴致正高，不知谁"咔嚓"踩断了一根枯枝，惹得哨猴发出"呷呷"的紧迫叫声。猴群立刻骚动起来，小猴子惊叫着往母猴怀里钻，母猴慌乱地向公猴跟前凑，公猴神情紧张如临大敌，家长神情冷峻，登枝眺望，察看动静。片刻后，它一声吼叫，一猴叫，众猴应，整个猴群一片喧嚣。呼声、叫声、号声响成一团，沸腾了山谷，惊飞了鸟儿。哨猴领先，母猴抱着小猴居中，公猴断后，扶老携幼，呼朋引侣，蜂拥而去，攀跃如飞，呼呼呼狂风骤起，在阳光的照射下，就像一道道金色的闪电，伴着新枝断裂声弹跳得不见了踪影。

等我们再次听到"喔——喔喔"的家长呼叫声，猴群已集中在前方很远的那个山头上。不久，家长确认无异常情况后，就发出"哎哝——哎哝——"音调和缓的叫声，下令臣民自由活动。

夜 探 猴 寨

这天夜里，一轮圆月银亮亮的，好似一个灯笼挂在中天，星星大都躲起来了，只有稀稀疏疏的一点儿。我们宿在保护站，几个同伴头一挨枕头就睡着了。而我却睡意全无，央求着向导带我去找那群金丝猴。向导拗不过，只得答应。这个夜晚，我们蹑手蹑脚地在林间穿行，借着树叶筛下来的月光，悄悄挨近了金丝猴，相距不过 10 米。

猴群栖息在一棵棵高大茂盛的树上，周围一片开阔地，生着矮小的灌木杂草。仔细搜寻，那一团团黑乎乎的影子揪住了我的眼球，原来它们藏在树叶掩映的枝丫间睡大觉。有的双手抱于腹前，有的手拉或脚蹬立枝，有的背靠树干，有的抱住树干，有的平躺，有的骑树，有的侧身，小猴则面对面手拉手。金丝猴就连睡觉的姿势都挺有意思的。

"金丝猴还有隐秘呢，我们从没见过野生金丝猴的分娩和死亡，它们将一生中最重要的两个关口隐藏起来……"向导这么讲，我是相信了，因为金丝猴太灵性了，它们努力保留着自己的隐私，不被我们穷根究底。

月是更圆了，突然一声"扑腾腾"像闪电划过夜空，可能是一只夜鸟受了惊，倒把我吓了一跳。金丝猴似乎习惯了这样的夜晚，依然安详地休憩。尖着耳朵听，却再没逮住第二声，望着树上那些聪明可爱的精灵儿》，我久久地不愿离去。

返回的路上，我的脑子好似大海在翻腾，不禁担忧起金丝猴的命运。豹、猞猁、金猫、青鼬、金雕、秃鹫时时窥视着它们，可金丝猴有自己的御敌法宝，它们过集群生活，性情机警，灵活敏捷，受危害的毕竟为极少数。如今秦岭里的天敌已经很少了，人类成了它们最危险、最可怕的敌人。

金丝猴那夸张的敏捷、夸张的温顺、夸张的拟人，赢得人类的喜爱。然而，人类的贪婪和掠夺，使得它们被猎杀、捕捉或失去栖息地，数量越来越少，分布区域越来越窄。这些聪明可爱的精灵儿，退到了高山峡谷，退到了荒寒之地，已经没有退路了。我们确实应该让出一些曾经属于它们的地盘，善待它们，保护它们——它们的存在，会让自然界更加富饶美丽，多姿多彩，也让我们人类与自然多一些相互了解，关爱友善，和谐共生，相依相伴，更不会感到孤独。

突然想起了那个天不怕地不怕的"齐天大圣"孙悟空。电视剧《西游记》中"美猴王"的形象蓝本是只猕猴。而秦岭金丝猴雍容华贵，傲然霸气，它们才是最佳"美猴王"之选。若是再度拍摄经典影视剧目《西游记》的话，建议孙悟空的扮演者来秦岭实地体验生活，学习模仿金丝猴的一举一动。那样将会塑造出一个精彩绝伦的孙悟空、气度高贵的"美猴王"、勇猛机智的"齐天大圣"。

秦岭喂猴人

他们是一个特殊的群体，担负着大坪峪金丝猴的吃喝拉撒和日常安全。

喂猴人每天早晨将金丝猴赶拢到投食点。每天投放三次食物，以苹果、梨、香蕉、胡萝卜、窝头为主。猴子们饱餐时，他们就在附近搭的塑料棚里休息，不时地出来察看，防止游客伤害猴子，也防止猴子过分亲近游客。

这群猴子有8个家庭，每个家庭由一个成年公猴、若干个母猴和幼猴组成。最大的一个家庭有十四五只金丝猴，最少的有六七只猴。这几个猴群因衣食无忧，倒也相安无事。不过有时也会为了争地盘、抢食物、夺"老婆"打斗。家庭之间打架，总是双方家长先交手，成员们跟着上，很像古代的对垒战。人多势众，团结力量大，金丝猴家族也是如此。猴群成员多，实力强，便能享有进食、领地方面的优先特权。一个金丝猴家庭有三代，也有四代的。下雨时，家长排在最前面，其成员依年龄尊卑排序，蹲在崖凹里避雨。

喂猴人每天下午6点开始朝一个方向往低处赶，第二天早晨5点多上山，根据头天方向或掉在地上的树叶、树枝等活动痕迹寻找金丝猴。

雍严格喂食金丝猴　　　　　　　　　　　　　（雍严格　提供）

有时它们乱跑，撵放到东边却跑向西方。头天下午喂得晚，它们住得近；喂得早，它们跑得远。大多时候距投食点一两里路，最远七八里地。猴子跑一分钟，人得跑十几分钟，脚功一定要好。眼看耳听，五个人各走一个方向，谁看到就用对讲机通报，然后以半包围圈状往投食点吆喝。猴子身体矫健，从一棵树跳到另一棵树。他们也不示弱，在地面上快速移动，双手交换，从一棵树快速移动到另一棵树，有点像猿人。到了投食点，他们从帐篷里取出苹果、玉米等食品，抛撒在地上，得让猴子看着，它们戒心重得很，看不见的话就不吃。时间长了，金丝猴和他们混熟了，有时在峡谷中一吆喝，猴子们就纷纷赶到山下，甚至溜进帐篷，"偷食"各种食物。这些都是专门给它们准备的，偷吃是有些不雅观，可喂猴人常常睁只眼闭只眼，宠惯着这些调皮可爱的精灵猴。

一群猴子来了，你一颗我一颗忙不迭地把玉米粒捡起来，有个雌猴还把玉米送给待在树上的家长吃，猴儿们吃着脆蹦蹦营养丰富的玉米，叫个不停，高兴得很。家长见子民这般开心，乐呵呵地跳下树，吃得津津有味。左手在地上捡，仔细去泥后交到右手，右手捏着玉米籽往嘴里喂。吃的都是颗粒饱满的，遇到霉变的籽儿不理识，即使吞进嘴里也要吐出来。

投食点附近，树枝、树叶都叫吃光了，好些树被"剃了头"，树枝被折断，时间长了，这片林子就枯死了，金丝猴的破坏力也是惊人的。喂猴人隔上一段时间就要转场，以防止树木枯死。

峨眉山的猴子经常耍流氓，趁乱叼走游客相机或衣物。而秦岭金丝猴很乖顺，文明谦和，待游客如嘉宾。即使游人不给喂吃的，它们也不来抢夺。

给金丝猴"递"苹果　　（吴燕峰　摄）

喂猴人经常跟着金丝猴在山涧峡谷跑，渴了喝山间溪水，饿了吃自带的干粮。最难熬的是冬天，气温零下十几度，又不能生火取暖。雨雪多，一会儿下一阵，没地方躲，地上湿滑不好走，还经常遭蚂蟥、毒蛇、蚊虫叮咬。伍明娃挽起右臂衣袖，小臂有处长长的疤痕。他说，那天下雨路滑，赶金丝猴时不小心从山上滑下来，缝了四针。

喂猴人说："我们每人每天80元，一个月休3天带薪假，有人身意外伤害保险。这个待遇不算高，干的活儿却异常辛苦，可我们帮助猴儿们渡过严寒缺食的冬天，看着它们享受美食与游客亲近，我们苦点累点又有啥呢？"

　　人工招引金丝猴是一件极为复杂的事。喂养环境中的生活习性，能否代表自然环境中的生活习性？其生活习性发生改变时，如何保持其野性？一旦停止投食喂养，养成依赖行为的金丝猴怎样在山林生存？面对美食投放者，怎样辨别他们到底是良善之辈还是心怀叵测之徒呢？所幸这个事儿被林业部门叫停了，金丝猴又回到了山林，过上自给自足的日子，虽说有些辛苦，可不吃下眼食呀，再也不用看谁的脸色，受人摆布了。伍明娃他们离开了大坪峪，结束了喂猴人的活路，只是闲下来时免不了回忆一番，用苦中带甜形容最合适不过了。

蒲志勇："你看它也来凑热闹了！"　　　　　　　　　（蒲志勇　提供）

下篇
秦岭邻居伴生动物

秦岭是一条巨龙，动物们是它的鳞片。除过"四宝"朋友，在这片高山密林，我又见识了黑熊、野猪、鬣羚、斑羚、秃鹫、金雕，以及各种色彩丰富、或呆笨或聪慧的雉鸡。它们喧腾着，闹热着，七脚八手地把个秦岭抬进了五大洲、七大洋。

朱鹮和它的伙伴们 （蔡琼 摄）

秦 岭 听 鸟

鸟儿是秦岭跳动的音符，秦岭因鸟儿的存在而灵动，添了情趣和韵味。

秦岭是南北动物的交汇带，鸟类多达五百余种。鸟儿的鸣声，表达复杂的情感，传递独特的信息，引伴、结群、转移、隐蔽、觅食、营巢、报警、进攻、歌咏、求爱、高兴、烦恼、惊恐，高亢的、悠扬的、浑厚的、缠绵的、哀婉的、纤细的、短促的、激动的，合成一首大合唱。

三官庙远离闹市，没有尘世喧嚣，四周是青绿滴翠的秀峰峻岭，半山腰升腾浮动着长

灰头鸫　　　　　　（吴康　摄）

长的一带云雾，轻轻的，薄薄的，即将落山的夕阳为其镀上一层淡淡的粉红。凸出的青山秀峰恰似一个个美丽少女披上霓裳轻纱，妩媚动人。

流经山谷的东河如一匹雪亮的绸缎，溪流哗哗，清澈见底，吟唱着生命的恬静与欢畅。河里游弋着悠然自在的鱼儿，还有大鲵，就是娃娃鱼，叫声如泣如诉。

曙光还未升起，耳边就传来阵阵鸟鸣，骤急如筛豆子，打破了清晨的宁静。我穿衣起床，信步走出三官庙保护站院子。薄雾款款，青山隐于其间，清幽润泽。院门外是一片平展展、绿油油的草地，缀满星星点点的野花，含着轻露，鲜润欲滴。草地两边就是树木、竹林，鸟儿们在那里沐浴晨曦，梳羽理翅，招引伴侣，尽情高歌。

河谷、低坡参差相接，溪流傍依峡谷而行。溪水潺潺，叮咚作响，蝉鸣嘤嘤，鸟吟百啭。幽径蜿蜒，绿树如盖，空气凉爽清新。一阵风吹来，树叶翻滚，露出背面片片银白，戳碎了散落地面的缕缕阳光。不远处一棵大树上，几只金丝猴在树梢里觅食嬉戏休憩。猴妈妈抱着孩子，温柔地梳理着小家伙的毛发。小家伙则躺在妈妈怀里吃奶，不时地给妈妈搔痒。猴子们玩得特别开心，跳跃飞荡，追逐打闹。不忍心打搅它们，绕道从一巨石上攀爬过去，山路急转直下，攀着竹子、树枝、藤蔓，跌跌撞撞地下到沟底。面前是一条小溪，像一条银白色的绸带在山谷里飘摆。蹲在河边轻轻掬一捧，润湿干渴的嗓子，洗净面颊上的汗渍污垢，甘甜爽口的河水浸润着肌肤里每一个细胞，舒适惬意，驱走了劳累饥饿。

大山雀高高站立枝头，"嗞嗞呱——嗞嗞呱——"的叫声，尖锐细微，清纯甜美，富于韵味。大山雀形体比麻雀还小，却是山雀中的大个子，全身黑色，唯有脸部一片白，行动敏捷，如一群快活的小精灵。黄腹山雀"嗞呱——嗞呱——"声音连续而尖细。棕头鸦雀不贪睡，十来只一群，竹丛间"吱——吱——吱"叫着，边鸣边跳，十分忙碌。

黄鹂羞答答躲进树荫，鸣声圆润流畅，清脆悦耳，如行云流水般动听。它们箭一般穿梭着,金光闪闪,转瞬即逝,宛如流星。啄木鸟发出"笃——笃——"声,远处可闻,这也是繁殖期求偶占区的信号。灰胸竹鸡橄榄褐色,与地面颜色极似,"呱呱咕——呱呱咕——"不知道身在何处,那连绵响亮的叫声却暴露了自己。

竹鸡　　　　　　　　　　　　　　　(雍严格 摄)

四声杜鹃格外多情,"豌豆花壳,豌豆花壳——"声音雄浑嘹亮,响彻山谷,通宵不歇。这时却安静了下来。三声杜鹃放开独特的歌喉,"贵——贵阳""贵——贵阳"越叫越快越响,叫了几声又突然停下来,让人捉摸不定其行踪。三声杜鹃,又叫阳雀,叫声凄凉哀婉,足以触动人类心底那最敏感、脆弱的神经。每天能捕食一百五十多条害虫,是一般鸟类捕虫量的几倍。然而,它却算不上一个称职的母亲,自私而绝情,缺乏最根本的母性,从不做窝,不会孵卵,更不育儿,把蛋产在莺、画眉、山雀巢里,让它们孵化。

小木屋檐下的燕子睡醒了,把头伸出泥巢口,发出单调轻微的短哨声。不久便三三两两冲向蓝天,那剪刀似的尾翼在晨曦中划出优美的弧线。历代诗人咏燕子的诗句很多，如刘禹锡的《乌衣巷》云："朱雀桥边野草花，乌衣巷口夕阳斜。旧时王谢堂前燕，飞入寻常百姓家。"又如李白的《双燕离》曰："双燕复双燕，双飞令人羡。玉楼珠阁不独栖，金窗绣户长相见。"

太阳出来了，升腾的雾气和着金色的光芒，醉人的山林更加光彩夺目。我独自坐在东河边，轻轻闭上眼睛，沉醉在鸟儿的合唱中。我又听见一阵阵酷似笛鸣的叫声，枝头两只鸟，正在一唱一和。那是佛坪绿鸠，以本县命名的特有种，雄鸟上下背都呈暗绿色，雌鸟上背绿色，下背暗绿，形似野鸽，有些纤瘦。

画眉　　　　　　（雍严格　摄）

林中百鸟齐鸣，柳莺的体型最小，嗓门却最大，婉转动听，顺耳舒心。忽听得一声陌生的叫声，清亮而高亢。河乌，身着黑褐色羽衣的"歌唱家"，飞出来落在离我不远的树枝上，尾羽不停地上翘。河乌是真正的水边居民，一生伴水而居。三官庙的人说，他们很少见过河乌的巢，那巢藏得极隐秘，往往让人意想不到。

是时，我为一只歌声嘹亮、雄姿英发的画眉所吸引。画眉是鸟中歌星，扎在一根竹枝上，头高昂，尾内勾，鸣声急促，如同两个南方女子吵架，响亮多变，悠扬婉转，高低起伏。

人 鸟 情

秦岭晨曦　　　　　　　　　　　　　　　　　　　（何鑫　摄）

　　大古坪群山环抱，茂林修竹，碧水蓝天，是一处清幽僻静之地。这样的地方，自然成为众多鸟儿的乐园。

那天清晨，我们早早起床，拿着相机，轻手轻脚地来到村外。太阳还躲在山背后，只把东方烧红半边天，晨曦中的大古坪宁静着喧嚣。画眉起得早，可着嗓子号召了一声，柳莺、山雀、太阳鸟、相思鸟纷纷响应，嗓音本色当行，清脆婉转，悦耳爽心，沸腾了山林河谷，荡漾在村庄上空。这样的大合唱天天上演，村人不觉得烦，要是哪天没听见反而心里空落落的。

村外路边有几棵粗壮高大的泡桐树，花事正浓，枝头挂着一嘟噜一嘟噜状似小喇叭的花朵，漫卷着一片片淡紫色的轻云。

小巧玲珑的太阳鸟像蜜蜂般成群飞来，发出尖细的叽叽声，在泡桐树枝间翻飞啄食。它们体型纤巧，只有拇指那么大。艳丽的羽毛散发着金属般的光泽，头蓝腹黄，通体猩红，长尾飘逸，嘴细长而下弯，嘴缘尖端具细小的锯齿。你看那细长的嘴像个注射器，舌头就是个可伸缩的吸管，自如地插入花苞底部吸食花蜜。它们还能准确知道哪朵花有蜜，对无蜜之花，绝不光顾。

蓝喉太阳鸟　　　　　　　　　　　　　（吴康　摄）

村人老王给我们讲了两个和鸟儿有关的故事：一个太阳鸟的巢建在这条小路边，混在一片竹丛中，离地面一米多高，隐藏得极好。巢内有四颗白色的蛋，已经孵化了好些天，眼看小鸟就要出壳了。老王也是偶然发现的，这时村里一位老人谢世，运灵柩到墓地要走这条路。他就和老人的儿子商量避开鸟巢，主丧人采纳了他的建议。出殡时，浩浩荡荡的送葬人群，行至距鸟巢三十米处，离开小路，沿荒地而行。鸟巢平安了，太阳鸟幸福地履行着妈妈的职责。两天后，四只小鸟全部出壳了。

"你看，它们已经长大了，正在那树上啄食呢——"老王指着一个泡桐树，颇为得意地说。

老王说，鸟儿通人性，既有感恩心，也有报复心。几年前，有个外地人住在他家，院子有棵椿树，上面栖着只不知名的小鸟。有天上午，那人吃完主人烧烤的玉米棒，随手扔出屋子，不小心碰着了鸟儿。鸟儿没有受伤，只是受了点惊吓，却把那人记住了。自那以后，鸟儿开始对那人发起"攻击"：他一走出房门，鸟儿便像离弦之箭俯冲下来，他急忙躲闪，鸟儿一个盘旋上升，又直直地冲下来，旋即发起第二波俯冲。每次"攻击"之后，它都会飞到椿树上歇息，等待下一次进攻。每次都幸运地躲过了，他还是担心，万一被鸟儿锋利的尖喙啄了，那还了得！

几天后，他打点行囊，匆匆离开这里。临行前，鸟儿瞅准时机，发动了最后一次"闪电战"。速度太快了，他根本来不及躲闪。"完了！"那一瞬间，他的脑海里只闪过这两个字。

"奇怪，头怎么不痛？"他下意识地摸摸头，梳理齐整的头发有点凌乱。鸟儿是擦着他的头发梢急速掠过的，并没有使用那锋利的尖喙武器：鸟儿是以这样的方式为"敌人"送行呢。

那人感激地抬起头，椿树空了，鸟儿飞走了。

"再见了，勇士……"那人喃喃自语。

秦 岭 寻 踪

　　三仙峰，一个充满诗意而神秘的名字。三个硕大的圆形石头，像三位超凡脱俗的仙人傲然矗立，接受着大风和岁月的抚摸与洗礼。

　　我们从凉风垭向着光头山进发，要赶15千米山路才能到达三仙峰营地。向导和两个民工是从三官庙赶来的。向导经常给前来佛坪旅游、考察的人作导游，野外经验非常丰富，后来我们才感知到这一点。他曾带着英国BBC《地球脉动》节目的记者拍摄熊猫，很快就让他们得偿所愿。在看到熊猫的那一刻，那群英国人激动地哭了，拥抱亲吻，一个60多岁的老太太竟然扑上来，在他的脸上亲了一口。

　　小路沿着山脊蜿蜒蛇形，到处是大型兽类的蹄印，不时传来鸟儿的啼鸣。刚出发时，我们都很好奇，见一棵树问是啥树，见一株竹问是啥竹，听见鸟叫就问是啥鸟，看见一坨粪便问是啥拉的。路是越走越陡峭，几乎是触着鼻子往上爬，有些地方只能手脚并用。我们的背包行李都让向导和民工背了，空着手走，依然感到很艰难。初钻山林的好奇和新鲜没有了，腿部酸痛，几乎挪不动腿，汗顺着脸颊淌到脖颈，流过胸膛，打湿裤腰，最后都能拧出水来。耳旁只听见"呼呼"的拉风箱似的喘气声，感觉心跳得厉害。向导和民工各背着六七十斤行李，却走得很轻松，就像羚牛或金丝猴一样灵巧敏捷。我们是既羡慕又佩服，便问他们为啥不累，得到的回答是："早已习惯了，你们慢慢就适应了。"

路两旁先是巴山木竹，高大挺拔，叶片宽大，富有营养，是熊猫冬春季节最主要的食物。到了5月，竹笋萌发，熊猫改食竹笋，一直撵着新笋"上山"。海拔1700米以上，秦岭箭竹慢慢取代巴山木竹，成为熊猫夏季的主要食粮。林中最惹眼的要算红桦树了，赤棕色外皮层层自然脱落，树皮上有天然形成的点点斑节，活像一个个汉字。

巴山木竹林　　　　　　　　　　　　　　（曹庆　摄）

我们看到了熊猫的粪便，草绿色，粗粗圆圆的，形状也似竹笋。熊猫的消化系统很粗放，竹子的质地还很清晰，能看到碎成一小节一小节的竹竿。我捡起一坨闻闻，不但没有臭味，还散发出一股竹子特有的清香。远处传来"哇——哇——"的声音，极像婴儿的啼哭。向导说，这是角雉，当地人叫"娃娃鸡"。佛坪的雉鸟有血雉、角雉、勺鸡、锦鸡、石鸡、大红鸡、环颈雉、白冠长尾雉。它们体态优美，羽毛好看，叫声悦耳，很招人欢喜。

白冠长尾雉　　　　　　　　　　　　　　（吴康　摄）

四个多小时后，我们几乎是挪到三仙峰营房的，骨头像是散了架，一头扑进屋子，躺在木板上再也不想动了。

营房是三间简陋的小木屋，是巡护人员歇气宿营的场所。小木屋由许多长条木板拼成，缝隙很大，虽能挡风遮雨，保暖性却不好。对门靠窗的是个土坯灶台，底下添柴，上面煮饭。左边是一个大间，有一张木板拼成的大通铺，站在上面晃晃悠悠，积着一层厚厚的尘土。右边有两个小间，靠近灶台那间作厨房，放着存水的桶和几个塑料盆。

"山有多高水就有多高"，这话用在秦岭，最是恰当不过。来秦岭旅游啥的，没必要带矿泉水，带了是负担。这里不缺水，低海拔处有溪流，中海拔岩壁下有滴水，高海拔处石缝中有泉水。水质很好，甘甜爽口，不需要净化杀菌。

三仙峰营地的水源在一个陡峭的大坡下面，清清的泉水，透骨冰凉，洗了把脸，就把疲劳擦去了许多。

这里是秦岭南坡亚高山针叶林和针阔叶混交林带，高大的云杉、冷杉、红桦，似一根根擎天大柱，威武挺立。林下间生着大片大片的秦岭

冷杉林　　　　　　　　　　　　　　　　　　（马亦生　摄）

箭竹，竹叶小，竹竿矮，却比卧龙箭竹高得多。据说卧龙箭竹高不过腰，高海拔地区没不过膝，细细密密的，与禾本科的草本植物相像，步入其间像是走进麦田。苔藓、地衣密布，色彩多样；散生的杜鹃和山柳芽，将密林点缀得幽静森严。林麝、斑羚、松鼠不时从面前跑过，血雉、勺鸡、松鸦、角雉嬉戏啄食，悠然自得。

黑熊把人逼上树

想到黑熊把朋友逼上了大树，行文的此刻，我依然心悸不已。

我们对黑熊并不陌生，古人对它很崇拜，奉为熊神。只是后来，黑熊在我们心目中的地位下降了，今天我们说谁"熊样"，绝对是贬义的，听者肯定不高兴。

我们行走在前往鲁班寨的"牛道"上，周围树干粗壮，高大茂盛。虽是盛夏，这里却非常凉爽，早晚还感到冷。沿途看到一些黄鼬、青鼬、豪猪、金猫、毛冠鹿、水獭子啥的，都很灵敏，稍有动静，便逃得无影无踪。

一片潮湿的箭竹林里，印着一行类似人的脚印，好像不是朝前走而是在倒退。"山林里处处有危险，这个人怎么忒胆大！"正在我纳闷时，向导神秘地说，那是黑熊留下的，熊掌和人脚很相似。我们听了，面面相觑，原地磨蹭着。

向导悄声说，佛坪人称黑熊叫熊、黑子、扒崖子。黑熊食量大，尤爱吃蜂蜜，能准确找到蜂巢，常因捅了蜂窝被蜇得鼻青脸肿乱抓脑袋，一边狂奔，一边长嚎。这个揭了伤疤忘了痛的家伙，几天后肿一消，又会故伎重演，宁愿挨刺，也要满足口腹之欲。万一被蜇得满脸浮肿，它

黑熊　　　　　　　　　　　　　　　　（熊柏泉　摄）

就在地上滚擦以消肿。让人惊奇的是，黑熊还是医术高明的医生呢，会自己给自己治病。得了风湿病，它就找些草药治疗；冬眠后的黑熊，会找有缓泻作用的植物吃，把堵在肠道的硬粪块排掉。

熊冬眠时，把自己包裹起来，找一处适宜冬眠的洞穴，为了做好隐蔽，尽可能轻轻地倒退进洞。最初两个星期，不管如何吵闹，是打还是戳，是敲还是擂，都没法吵醒它们。黑熊光顾的地方，糟蹋得比吃得厉害，一头熊一夜能吃掉玉米二三十斤。向导说，熊吃玉米和猴子不同，猴子掰一个丢一个，熊先用掌拍玉米棒，以判断棒子是否成熟，若响声沉闷表明已经成熟，就掰下来啃得干干净净。吃食时，有的张开爪子挟着棒子，有的把棒子拿着捧着，也有的把食物扒拉一堆放在面前吃；最懒的四脚朝天睡在地上，一边休息，一边啃着……

别看它显得笨拙老态龙钟，奔跑起来矫健灵巧。它是大力士，一掌能击断手腕粗的树，击毙一头大野猪；又是游泳高手和出色的潜水员，能像人那样站立行走，支起后腿直立起来，用前掌熟练地摘取果实；还是爬树好手，却天生一副近视眼，听觉和嗅觉特别灵敏，能辨别出三百米外人活动的声音，用鼻子嗅一下便知道地洞里藏的是狐还是獾。只要你不招惹，熊瞎子不会主动伤人，受伤的、带仔的才会主动攻击。野外步行不要带狗，它们会发现熊并成为熊的真正威胁。人离它很近时，一定要后撤并绕路，千万不敢逼近，更不可为拍照而靠近。熊直立的姿势并不意味着进攻，面对面时咆哮或者张牙舞爪，表明准备进攻。这时千万不能慌张逃跑，立刻面朝下卧倒，用手和胳膊护住头颈部，保持不动。若真是熊追来了，要么蹲着不动，要么朝山下跑，要么往岩洞躲，要么原地转圈圈。

向导说，很多猛兽都怕豺，成年熊却不怕，一旦撞见就一屁股坐在地上，以逸待劳，等着对方进攻。豺可知道它的厉害，那一掌可以打死一头公牛，要是被它揪住了，就如大象踩只蚂蚁一样。豺鞋底抹油开溜了——豺的聪明就在于从不做引火烧身的事。

"不要怕，咱们小心点就行了……"向导迈开大步，拨开密实的竹林和缠绕的藤本植物朝山顶攀去。就在接近半山顶的一棵大树时，向导突然嘘了一声，示意我们蹲下别动。顺着他手指的方向，我们看见大树丫枝上蹲伏着一个浓黑的球团。那球团蹲坐在树丫间，被垫在屁股下面的树枝包裹着。要不是向导眼灵，我们是发现不了的。

见是只黑熊小仔，我们中间一人激动起来："把它捉回去——我能上树，捉住它不费吹灰之力……"

"危险——"向导极严肃地制止道，"黑熊护仔仔呢，母熊肯定在附近……"

过了不久，黑熊妈妈来到树下，警惕地四处张望。等了几个小时，也不见它走开。黑熊挡住了道，我们怎么过去呢？太阳已经偏西，可我们离目的地还有段距离呢。

我们不约而同地想出个办法：吓走它。我们齐声高喊，声音传得很远,在山谷中嗡嗡回响。黑熊小仔吓得掉下来,接近地面时被黑熊妈妈张嘴叼住,母子俩迅速消失在密林深处。

我们带着胜利的喜悦,准备出发,突然发现另一根碗口粗的枝杈上还趴着一个球团。刚才叫嚷的那个家伙不由分说地爬上树去逮,却无法接近它。无论他怎样摇树吼喊,它都不理识。过了一阵,小家伙蹦下来向东面的山梁跑去。那个家伙跳下树就追,追不到 50 米,黑熊妈妈突然扑出来,"轰"地一声站起,足足有 2 米高,舞动着两只壮硕的前腿,向他扑来。小伙子很机灵,没被吓愣,灵巧地闪过第一次进攻,撒腿向旁边一棵山杨树跃去。刚爬上树,熊也追到树下,也上了树。他一点点向高处攀去,熊也一点点逼近,眼看要到树顶了,再无退路。

我们蹲在大石头后面,心跳到了嗓子眼。

"你们看到了吧,黑熊妈妈非常疼爱子女,谁敢前来侵犯,就会暴跳如雷。我们村里两个人上山捡蘑菇,看见岩洞里有两只熊仔。有一人好奇,就把熊仔抱出来玩。突然传来熊的怒吼声和树的折断声,吓得他俩赶紧躲起来。抱仔仔的人动作稍慢了点,母熊撵上来,一掌将他推出丈把远,滚下悬崖,当场死了。另一个人缩进石缝。熊妈妈抱起儿子,左看右看,这儿嗅嗅,那儿摸摸,确信安然无恙,没有再搜寻了。那人不知怎么挤进去的,后来出不来了。两天后家里人找见了,请来石匠凿开石头,才把他救出来。"

"我们不惹它,它能撵我们吗?"我说,"以后遇到动物,我们就避开,更不要惹了。这是人家的地盘,它们才是主人呢……"

众皆默然。已是傍晚,猫头鹰开始发出凄厉、恐怖的怪叫。

"霸王"野猪

秦岭山大林密，野猪繁殖力旺盛，缺少天敌，又不让人打，现在是越来越多，成群结队地横行秦岭。或许是受到家猪的影响，野猪给我们的第一印象，似乎是些笨拙的"蠢货"。其实并非如此，它们智勇双全，嗅觉灵敏，坚韧凶悍，富有组织纪律性。野猪的皮肤要是被石头或树枝划破，就跑进泥坑打滚，用泥巴糊住伤口防止感染，就像人受了外伤要用纱布包扎或用药膏敷住。

想当年西楚霸王项羽横扫华夏大地，何其英武。如今野猪称霸秦岭，威风凛凛，狂放嚣张，敢于和黑熊肉搏，蔑视人类，与山民玩起"游击战"……

我们是在三官庙附近寻找熊猫时撞上一群野猪的。

在一条幽深的峡谷，我们看到旁边土坡上有新翻的泥土的痕迹，石头被掀翻，小树被拔得东倒西歪。我们屏住呼吸，定睛细瞅。山坡上有头锈褐色体毛、与家猪十分相似的野猪，它将披毛稀少的尾巴翘起，尾尖打个卷儿。它的鼻子又长又硬，就像一架铁犁，可以挖掘出几十厘米深的沟，制造泥塘，掀翻大石头，将小树连根拱起。锋利的獠牙还是战斗武器，让老虎也惧其几分。那身由油泥、松脂、皮毛混合而成的铠甲，是特殊的防御武器，一般的猎枪、铁砂穿透不了。

我们都很莫名其妙，向导悄声说那是野猪用尾巴的活动形状来发警报，告诫同伴遇到危险赶紧躲避。果然，前面传来一阵杂乱的声音，声音向东而去，越来越小。

野猪来了　　　　　　　　　　　　　　　　　　　（蒲春举　摄）

向导说，山里有种说法"一猪二熊三老虎"，意思是说野猪比黑熊、老虎厉害。野猪的凶猛，是老虎、黑熊、狼也得让几分的。很多时候，野猪和黑熊争斗，往往是两败俱伤，谁也占不到便宜。

成群的野猪不可怕，哪怕把你围在中间也没事的。单个的野猪异常凶狠，一旦遇见不能慌张，先原地不动，不能蹲下，这对它意味着发起进攻的信号，不要刺激它，面向野猪慢慢倒退，直到退出它的视野。如果野猪追来了，要么往山下跑，野猪跑下坡路太快时会伤了蹄子；要么爬上至少碗口粗的树，野猪锋利的牙齿能咬断小树；要么站在原地不动，等野猪冲过来时迅速闪开，野猪就那一猛头，从来不回头的。他说，前些年村里狗多，七八只狗能围住一头三四百斤重的野猪，野猪跑不掉了，便退到坡跟前，把屁股抵着，不动弹，狗也不敢扑过去，只是围着狂吠。

野猪凶猛厉害，却害怕豺狗，真是一物降一物。豺狗的模样像狗又似狼，个头不大，擅长团队作战，很讲究战术。豺狗是武林高手中的"下三烂"，最拿手、最致命的套路是掏猎物肠子，技艺娴熟，几乎不失手。这手段显得阴毒，上不了台面，可它们不管这些，只要能把猎物弄进嘴里，你们怎么说都行。

野猪对庄稼的毁坏是最大的，獾、熊也糟蹋庄稼，可不像野猪那么厉害。辛辛苦苦种下的庄稼，稍不留神，一夜间就让它们给毁了。成群的野猪结伙出动"扫荡"，趁着夜色进入玉米地，撞倒玉米秆，挑选玉米棒子，碰到颗粒不饱满的不吃，见到好的啃几口扔掉。一夜间，一群野猪足以把几亩、几十亩庄稼糟蹋了。与野猪"战斗"可不是件浪漫的事。人们想尽办法，庄稼地边围上篱笆，地里插上穿着旧衣服的草人，夜里点火、吹号、敲锣、放鞭炮。这些手段都用了，根本制不住这些刁蛮凶猛的家伙。去年秋天"猪害"才叫严重呢，它们成群结伙，横冲直撞，连吃带拱地，硬把村里人家的玉米吃光了。玉米棒子刚刚灌浆，野猪就来了。他们点上火把，拿着棍棒，牵着黄狗，敲起脸盆，大声吆喝，想吓跑它们。人一靠近，它们就溜了；人前脚走开，它们后脚又来，和人玩起"捉迷藏"……"拉锯战"持续了三个晚上，第四天晚上他们不去了，野猪已经吃光他家的玉米，转移到另一家地头。

向导开始抽烟，浓重的烟雾包裹了他。沉默好久，他的情绪才缓过来。对于庄稼人来说，再苦悲的命运，再艰辛的生活，都默默地承受了。野猪吃光了今年地头的玉米，第二年还会种上玉米，不会让地荒着，手闲着，大不了叹一声："俺命悲哩，摊上了野猪！"之后该干啥还干啥，这就是庄稼人。

大家松了口气，又继续在悬崖峭壁间攀缘前行。约莫过了个把小时，已是黄昏，我们到了个地势开阔平坦的地方，向阳避风，竹类蔓生。坐下休息，吃了干粮，喝了泉水。林间太阴，我们怕感冒，不可久待。准备起身时，突然从旁边山坡传来一阵山崩地裂的响声。

一群野猪嚎叫着从密林深处冲出来，沿着山坡向西狂奔。它们龇牙咧嘴，瞪着眼睛，锋利的獠牙上挂满野草。这群野猪有二十多头，一字排开，朝前冲去。颜色多为黑色，也有麻灰色、棕色和白色的，发出"吭——吭——""吭唷——吭唷——""哼——哼——"的声音。向导示意趴着别动，要不被野猪发现了，可就有了危险。野猪所经之处，小树歪倒，草类尽折，石头翻滚，有几块石头落到了我们身边……

野猪弄出的响声消失了，山谷又恢复了宁静。浮上我们心头的惊惧，却如粘贴在身上的万能胶，怎么也扯不下来。

缥缈轻柔的雾霭如梦如幻飘然而至。原本湛蓝高远的苍穹被雾遮了个严严实实，像一匹白纱紧紧裹住了山林河谷，目力不及一米，朦朦胧胧。我们静静地坐在山洞口，任轻纱似的雾柔柔地拂过面颊，呼吸着湿漉漉的空气，五脏六腑滋润舒爽极了。

山洞的位置非常隐秘，在一面悬崖上，距地面两米多高，只能从几块突出的岩石爬上去。悬崖上生着大片大片的苔藓、灌木和一些藤蔓。洞前是一片高大葱郁的冷杉树，正好挡住了洞口的视线。

这次考察取得了意想不到的成果，熊猫、金丝猴、羚牛、野猪、黑熊等好些动物都见到了。我把向导佩服得五体投地，他带领我们避开了一切艰难风险，顺利地完成了考察任务，让我们领略了秦岭的神秘与迷人，感受了动物的种种际遇与习性，体验到生命中从未有过的欢畅与幸福，最后又顺利地把我们送出秦岭。

"呆鸡"有爱

秦岭堪称"雉鸟家园",有许多体态优美、羽毛艳丽、鸣声悦耳的野生雉类。这些花花绿绿的家伙很讨人喜欢,引得不少外地人专门来观赏。

有一种雉鸟叫红腹角雉,外号"娃娃鸡""呆鸡"。据说,这外号是佛坪人取的。佛坪人喜欢给人或动物整个外号,反映其某方面特点,居然生动准确。红腹角雉叫声似婴儿啼哭,得名"娃娃鸡";加之反应"迟钝",便被戏称为"呆鸡"。

不久前,我跟随向导进山探访红腹角雉,正是循着"哇哇"的叫声找到它们的——

我们轻轻拨开灌丛,弓着腰慢慢接近,走了十几米,向导打手势要我们停下来。那"哇哇"声就在耳边,却不见其踪影。向导指着左边一米远处一处悬崖说,就在那儿。果然,一只雄性角雉在悬崖下脖子一伸一缩,嘴巴一张一合,有节奏地发出"哇——哇——"的声音,像极了婴儿的啼哭。

正是中午,光线很好,悬崖周围没有树木遮挡,我们看得非常清楚。向导解释说,你看它的头顶生着乌黑发亮的冠羽,两眼上方各有一钴蓝

红腹角雉　　　　　　　　　　　　　　　　（吴康　摄）

色的肉质角状突起；顶下生有一块图案奇特的肉裙，两边分别有八个镶着蓝色的鲜红斑块，中间黑色衬底上散布着天蓝色斑点。全身大红色，散布着圆圆的灰色斑点，就像红色锦缎上缀满大大小小的珍珠。

我不小心踩断了一截枯枝，这声音惊扰了它。它停止鸣唱，却没马上隐藏或是飞走，而是左看右瞅寻找声音的所在，直到发现我们了，才慌忙钻入旁边灌丛。后来又遇到一只，我们是走扇形而非一字形，它可能觉得走投无路了，竟然把头钻入草丛，以为藏住头就没啥事，哪还管暴露在外的身子。这家伙真是呆头呆脑的，反应迟钝不说，还傻得可爱，怪不得佛坪人叫它"呆鸡"。

向导说，别看这家伙平时傻不拉叽的，对待感情却不傻，用情专一。雄鸟算得上"模范丈夫"，晚上睡觉先给妻子占个好地方。天蒙蒙亮，就开始大哭大叫，叫喊累了便下到地面觅食。两只强健的爪子左右开弓，将杂草、树叶拨拉开，尖嘴一下一下地啄，寻找可口的嫩枝、果实。碰到昆虫这样的美食，自己舍不得吃，"咕——咕——咕"唤妻子来享用。

动物世界极少有强奸犯，没有两情相悦，再好色的雄性也很少以凶猛和体力强来强迫异性交配。与人类一样，雄性主动求爱的时候多，它们使出浑身解数，追求属于自己的幸福。我们有幸目睹了呆鸡的求爱过程。

这是一片高大的桦树林，下面没有竹子，草也稀少，视野很开阔。两只呆鸡在一棵树下啄食，雄鸟的角和肉裙鲜艳奇特，雌鸟的羽毛呈棕黑色，不如雄性靓丽多姿。这身装束却与周围环境很搭配，不显山露水。我相信，即使眼睛锐利的鹰也极难发现。

雄鸟先是不时摆动头部，低头垂翅，绕着"心上人"转圈。哪知对方并不领情，把整个兴趣集中在觅食上。突然，雄鸟昂首阔步，将头一下一下地点，黑黑的脑袋顶上拱出两个肉芽，眨眼间长大延长，充气一样站立起来，成了钴蓝色；脖子下面伸展出鲜艳的"肉质"围裙，帷幔一样吊挂在胸前。"肉裙"是钴蓝色与鲜红色镶嵌，上面装饰着黑色圆点。尾巴张开成一把扇子，翅膀半张是一把更大的扇子。脚下踏着节奏，头上的角像弹簧一样摆动，"肉裙"上下左右舞动，两把"圆扇"微微颤抖。

这一下子就把"心上人"震住了，它傻呆呆地看着"帅哥"的精彩表演。"帅哥"受到鼓励，一边继续搔首弄姿，一边慢慢靠近，几乎挨在了一起。只见它扑打一侧翅膀，猛地跃起，跳到"妻子"背上，衔住其颈部羽毛，背部耸起，后部弯下……

一番云雨过后，"帅哥"依然精神头十足，用喙在妻子颈部轻吻几下，然后到一边用爪子翻拣食物，遇到可口的美味，又"咕——咕——咕"地召唤妻子。

救 助 金 雕

一只金雕获救了,一个人被我刻在了心底。

曹庆曾陪我走过凉风垭、三官庙、大古坪,一路上给我讲了好些秦岭动植物知识和保护大熊猫的事,她的博学和敬业让我心生敬意。而她救助金雕的事,更让我感受到秦岭人给予动物的慈悲与爱心。

曹庆(中)在野外巡护　　　　　　　　　(曹庆　提供)

她是大学毕业就来佛坪的，先在龙草坪林业局，后来到佛坪保护区，与她一同分配来的还有3位西北林学院毕业的女大专生。森工企业向来是男人的天下，来了四个女大学生，男人们把她们当熊猫一样稀罕。若干年后，"四朵金花"中的三朵花去了关中平原绽放，唯有她还在秦岭深处，不但盛开着，而且很艳丽。曹庆早早地评上了高级职称，成为当时佛坪保护区最年轻的高级工程师，也是唯一的女高级工程师，还拿到西北农林科技大学的硕士文凭。她是科研项目的主要参与人、主持人，独立建立维护单位门户网站，主编对外宣传刊物……

那天，曹庆她们从大古坪保护站出发沿西河做竹类样方调查。返回途中，一只黑色的大鸟擦过她们向前滑行飞去，停在前方不远处的河道。她们就地伏身以免惊吓了鸟儿，十多分钟后，继续往前走。那只鸟就停在河道中央的巨石上，头耷拉着，有气无力，精神沉郁。她们从三个方向隐蔽下来拍照，慢慢靠近，试图缩短与它的距离。

金雕落难了　　　　　　　（曹庆　摄）

它试图飞起，却落在两米外的一块石头上，摇摇晃晃掉进水里，气息奄奄，命悬一线。她们没有迟疑，赶忙跑过去从水中捞起来，轻轻擦干它身上的水珠。曹庆脱下迷彩服包住，为它保暖，它没有挣扎，也没有力气挣扎了。

这只鸟全身羽毛栗褐色、飞羽基部白褐色斑纹，趾黄色，爪黑色，尖嘴带钩，坚硬锋利。那双利刃般的爪子能一下子撕裂猎物皮肉，扯破血管，甚至扭断猎物脖子。原来是只金雕。

金雕强悍凶猛，常在高空一边呈直线或圆圈状盘旋，一边俯视地面寻找猎物，发现目标后，便以迅雷不及掩耳之势从天而降，最后一刹那戛然止住扇动的翅膀，牢牢抓住猎物头部，将利爪戳进猎物头骨，使其立即毙命。古巴比伦王国和罗马帝国，将其作为王权象征。忽必烈时代，强悍的猎人驯养金雕捕狼。

她们喂火腿肠和花生米，它不张嘴；试图用草叶喂水，也不理睬。那双鹰眼不再炯炯有神，却依然让人胆寒。同行的哥伦比亚籍男子为防止其啄人，用胶布封了它的喙，李宇抱起它检查伤情。看似温顺的它，一下子暴怒起来，用钢钳般的利爪狠劲抓李宇，仿佛在怒吼："我是翱翔蓝天的英雄，不需要你们的怜悯，给我滚开——"

曹庆赶回保护站寻求帮助，其他人原地等候。曹庆一路跑着，飞快地跑着，往日两个半小时的山路，这次只用了一小时十分钟。

王站长安排人接应，大家轮流抱着它，有气无力地回到保护站。真是英雄气短！此时此刻，它躺在曾经不屑一顾的人类怀里，头耷拉着，双翼不再翕动，锋利的爪子也不抓扯，似乎比抱它的人更加疲累。

王站长从职工食堂拿来新鲜猪肉，同行的徐卫华博士把肉切成一小片一小片的，用一根细长的小棒挑着，慢慢送到它嘴边。它对人们的举动反应淡漠，眼皮耷拉，眼神深邃凶悍，嘴巴紧紧闭着。她们没有泄气，一次次坚持把肉递到它嘴边。也许是饥饿之极，也许是被爱心打动，过了一个多小时，它慢慢张开嘴巴，叼起肉，脖子一仰吞下去。它一片一片地吃，一刻不停地吃，吃完了他们准备的"爱心大餐"，它的眼神变得温柔起来。保护站食堂要改善伙食，下午做香菇炒肉、水煮肉片。王站长笑着说，下午咱们别吃肉了，都留给它吧。

保护站的职责是保护野生动物，向来认真尽着那一份责任。金雕属国家级保护动物，他们更是尽心尽责，没有半点马虎。哥伦比亚籍男子提议将金雕送到鸟类救助中心，可是附近没有，送到汉中、西安，也许半道就已命归黄泉。大家商议后决定，就地救助，等到身体恢复，就把它放回蓝天——秦岭才是它最舒适的生活家园。再次"进餐",金雕胃口开了,吃得很多,看他们的眼神里没了敌意。王站长拿来一大块洁净的床单,把它包好安置在库房,动作很轻柔,像侍奉襁褓中的婴儿。

第二天要离开了。临走前,她们轻手轻脚地走进库房,金雕已挣开裹着的床单,站在库房窗口的大木箱上,傲然屹立,眼神恢复了野性的凶悍。

王者归来　　　　　　　　　　　　　　　　(赵建强　摄)

"再见,英雄——"

曹庆说,金雕身体恢复后,保护站把它放归了山林。

放归那天,人们把它抱出库房,放在院坝,喂了最后一顿美餐。吃饱后,它慢慢走了几步,将眯着的眼睛睁大,突然双翅展开,扑腾腾飞上蓝天,在保护站上空盘旋了三圈,然后朝西河方向飞去,融入蔚蓝的天幕。

金 鸡 求 援

金鸡是一种非常漂亮的鸟,有"鸟中美人"之称。它们拖着美丽的大尾巴,凤凰一般,嘎嘎叫着,活跃于秦岭。三官庙金鸡很多,走在山路上,随时都会遇见。它们不避人,常飞到农家门口,在院坝踱来踱去。村民将其视作吉祥之鸟,从不伤害,有时还给饿极了的金鸡喂自家产的粮食。

山林寂静无声,偶尔飘来一两声清脆的鸟鸣,更显出这片林子的幽静。一只橄榄褐色的小家伙愣在面前五六米远处不敢动弹,惊恐地瞪着我们。我们很好奇,向导说那是只小林麝,最是胆小,肯定是被咱们几个庞然大物吓坏了。佛坪人把林麝叫香獐,雄獐腹部生殖器前有个香囊,那里有麝香,香獐就那东西值钱。它能攀登陡峭的山峰,跳上垂直的树干,随意攀爬细小的树枝。猎杀香獐不容易,可猎人的办法多得很,这几年已很难见到它了。向导说完,两个手指搭在唇间:"嘘——"小獐子四脚一瞪,唰地窜进林丛。

沿着一条羚牛踏出的小道,我们慢慢向山顶攀爬,听见不远处发出"沙沙沙"的声响。向导说那是鸡类或小型兽类踩在枯枝落叶上的响声。"嘎唧——嘎唧——"声音清脆悦耳,远远飘来。

红腹锦鸡　　　　　　　　　　　　　　　　　　（蔡琼　摄）

"前面有一群金鸡，咱们去看看——"向导所说的金鸡是当地土名，学名红腹锦鸡，双腿细长，善于奔走，速度极快，受惊时先急促奔跑，后展翅飞翔。食性杂，雄性常在岩石间徘徊，主动出击捕食；雌性大多蹲伏窥视等待时机，以突袭方式获食。

向导说，每年四月，是金鸡的繁殖季节。雄鸟在山谷间频繁鸣叫，彼此呼应，经久不息。雄鸟以英俊华丽、五彩斑斓如锦的羽毛，招引雌鸟，互相追逐。雄鸟间为争夺配偶，展开激烈大战，格斗异常凶猛，场面惊心动魄，甚至斗得羽毛脱落，头破血流。向导曾见过两只雄鸟格斗的场面：它们虎视眈眈，充满杀气，面对面摆开架势。双方跃起身体，扬起强而有力的利爪，张开尖利如锥的嘴锋，猛烈抓啄对方，弄得尘土飞扬……搏斗持续十几分钟，直到失败者落荒而逃。获胜者迅速奔向雌鸡，绕着"心上人"疾驰跳跃，然后站在"心上人"对面，跳起邀请舞，竖起羽冠，展开橙棕色披肩，现出背上金黄色羽毛，闪耀深红色胸羽；靠近"心上人"的翅膀徐徐低压，另一侧翅膀翘起，发出轻柔的鸣叫声，倾吐情话。

争偶大战开始了　　　　　　　　　　　　　　（雍严格　摄）

向导说，金鸡把窝筑在竹林、草丛或岩洞，隐蔽性好，产下的蛋不易被发现。幼鸡一出壳，就能跟着母亲活动觅食。雌鸟纯朴善良，性情温驯，情深谊厚，一旦雌鸟失恋，终身守着贞节。

我们目睹了它们漂亮的身姿。屏住呼吸，蹑手蹑脚地靠拢过去，前方约十米远处，一只金鸡神气地踱着步，鲜艳的羽毛格外显眼。一只，两只……我下意识数起来。十六只色彩斑斓的金鸡呈现在眼前，十只雌的，六只雄的。雄性体形略小于家鸡，头顶金黄色丝状羽冠，颈披橙黄色扇状羽毛；毛色鲜亮，上背深绿，下背金黄，胸腹朱红，头、背金光闪闪，下身鲜红夺目，拖着长长的尾羽。它的美是语言无法描述的，那一刻我感到自己语言的贫乏与苍白。

它们沿着竹林边缘向左侧山坡移动，不停地刨着地上腐烂的树叶、杂草，翻捡着可口的美味，不时发出醇厚悠长的鸣声。雄鸡们三五只一起，不停地围着一只雌鸡打转，炫耀自己的羽毛。它们过惯了悠闲、平静的生活，并不喜欢人打扰，看见我们走近了，不慌不忙地踱进林子，举步高迈，昂首阔步，神气十足。

一只通体红色、拖着长长尾羽的鸟儿忽然朝我飞来，掠过肩膀，落在我左后方五米远处。我惊讶地转过头来，那只鸟又擦过肩膀，落在我的右后方。来回这么三次，我终于看清了，是一只金鸡。"这鸟是怕人的，今天咋这么反常？"我有些迷惑，不知所措地望着向导。

他神秘兮兮地说："你看，鸟儿向你求救哩——"他用手指着左前方十多米远处的一棵冷杉树，"噢——那不是个雀鹰吗？"

那棵冷杉高大茂盛，枝上蹲着只雀鹰，一动不动地盯着我身旁的金鸡。金鸡吓得哆嗦不止，羽毛耷拉，极度惊恐。我还未明白过来，向导麻利地捡起块鸡蛋大的石头，"嗖"地一声砸上去。

石头从雀鹰身边飞过，没砸中，却也把它吓得够呛——向导是故意让石头偏离目标的。雀鹰尖叫着，摇摇晃晃飞过草甸，落进冷杉林，几片褐色羽毛慢悠悠地飘舞在绿油油的草甸上空，跌进了羚牛群。

金鸡是叫吓坏了，耷拉着羽毛扑在地上，过了好一阵，才把惊恐平息下来，慢慢走了几步，接着展开双翅飞走了。

血 雉 之 爱

血雉是一种色彩鲜丽的鸟儿。我们在光头山那些日子，几乎天天和它们打照面。

我最早是从梁启慧先生那里知道秦岭血雉的。老梁写过研究血雉的科普文章，里面配有很美的血雉照片。老梁爱好摄影，用镜头记录下自己的兴趣与体悟，记录下时间的破碎与完整，记录下动物的习性与命运。他第一次在光头山考察拍摄羚牛时，距离牛群只有两米，刚按下快门，羚牛猛冲过来。他撒腿就跑，跑了二十几米，遇到一根横倒在冷杉上的大树，急忙爬上去。仅有标头的海鸥DF相机拍下的那幅羚牛头特写照，发表于《野生动物》杂志，让自己激动了好一阵子。又一次，他钻进牛群，对着两头大羚牛拍摄，公牛被快门响声吓跑了，母牛掉头就撵。附近没有树，他拼命往林子里钻，刚攀上树，羚牛也追到了树下。他吓坏了，两小时后才缓过神来。有一年冬天雪多，光头山积着厚厚的一层，他冒着零下二十多度的严寒来研究拍摄血雉。帐篷搭在小木屋里，把带来的衣服全穿上，再裹上两个鸭绒睡袋，还是冻得睡不着。第二天早晨起来发现，帐篷表层竟然结了冰。向导是当地农民，很能吃苦，也受不住开始罢工，他才恋恋不舍地离开……

一群色彩斑斓形似家鸡而略小的鸟儿映入眼帘。它们在冷杉树下的苔藓和落叶里啄食，发出"沙沙沙"的声音。向导说这是血雉，当地人称衫花鸡。

"我要找女朋友啦——" （蔡琼 摄）

血雉与其他雉类一样，擅长奔跑而不善飞翔。据说，如击毙一只，其他的返回原地窥视，并在死伤者周围盘旋。猎人拿的是火枪，里面装着火药和铁砂，打出去是一片。猎人朝着雉群开枪，天上便掉下来一大片。

相距十米，我们蹲在地上仔细观察：有二十来只，俯身，昂头，翘尾，扑扇着翅膀，跳跃移动，不时用嘴叼起苔藓、嫩芽和昆虫。血雉的喙、爪、眼圈鲜红，雄鸟头顶部灰色，有白色羽干纹，后头部羽延伸成羽冠，美丽而华贵；雌雄异色，雌鸟羽冠棕褐色，向后转为蓝灰色。薄暮黄昏，柔和的夕阳使山林一下子幽静起来。它们在这幽静里自娱自乐，享受生命的欢畅悠闲与饱腹后的满足优雅。有的梳理羽毛，有的静静站立，有的互相凝视，有的抬头张望。

要在动物世界寻找一生一世相恋相爱的身影是件难事，没有任何道德和社会规范的制约，雌雄双方都会伺机再行选择更优秀的性伴侣，以期留下更优良的后代。然而，有的动物却能长期保持情有独钟，对性爱和婚姻终生不渝，它们表现出来的坚贞让我

血雉召唤　　　　　（雍严格　摄）

们汗颜。豺狗是比狼小却比狼凶残的家伙，以熊猫、羚牛、牛、羊等为食，自然得不到我们的好感。这家伙却对婚姻爱情忠贞不贰。豺狗夫妻一生过着稳定的家庭生活，彼此相亲相爱，白头偕老。小豺们也懂事，乐于帮助父母做事，甚至成年的叔伯阿姨甘愿为这和睦的大家庭多尽力，迟迟不去建立自己的家庭。

血雉也是爱情忠贞的典范。夫妻相敬如宾，朝夕相处，受惊跑散后，雄雉发出"归——归"的长音，雌雉则发出"归、归"的短音，一呼一应，朝着叫声处会合。夜间栖于不同树上，清晨雄雉先下树，鸣叫呼唤雌雉，声音甚是轻柔。会合后一起觅食，归巢时雄雉一直陪伴到巢边，待其入巢，才慢慢离去，雌雉孵卵时则在附近防卫警戒，甜腻之情让人

动容。

　　血雉警惕性高，胆子也很大。多年前向导带着游人来光头山，血雉对人有些好奇，不怎么怕人，常仰头呆立，打量人们的一举一动，还不时发出"咝——咝——咝"的叫声。他们离血雉最近时不过三四米，脚下踩断树枝或踢翻石头的声音也惊扰不了。绝大部分游人是文明的，尊重爱护动物的，然而，部分人的举动叫向导反感失望。这些人对血雉不怎么友好，怀着敌意和占有欲，或是大声吼叫，或朝着它们扔石头，甚至想方设法捕捉满足口腹之欲。这样的人虽是极少数，然而带给血雉的命运却像一场噩梦，极大地破坏了人类与它们之间建立起的短暂互信与和谐。慢慢地，它们觉得这些两条腿的家伙远比老鹰可怕，对人多了恐惧和提防。要是人们大声喧哗，或离上八九米，它们便急慌慌躲开了。

　　曾经不怕人的血雉，现在怕人了。我们想验证一下向导的说法，遂向它们靠近。我们步子很轻，尽量不弄出一点响声，朝它们移动了两米多。它们就警觉地抬起头，惊恐地盯着我们。雄雉发出"咯咯"的报警声，雉群顿时惊炸了锅，一只雄雉飞上树，雉群"扑腾腾"一阵子，也都飞上树，然后向山坡下方迅速飞去，躲进了密林深处。

箭 猪 之 箭

去年清明节假期，我在秦岭西河考察时，捡到一根豪猪身上的"箭"，还在红外相机里看到了豪猪。

周围是一片翠绿的竹林，竹子有酒杯那么粗，其间生着几棵高大笔直的桦树，林下铺排着落叶枯枝，像是地毯。小路就是从竹林中穿过，伸展向前方山头。那根刚毛就横在小路中央层叠着的树叶上面，枯黄衬托出黑白相间的"箭矢"格外扎眼。

我对秦岭里的一切皆感好奇，随手捡起来，问同行的西河保护站站长熊柏泉，老熊说，那是豪猪落下的防身武器。

这根刚毛，形似纺锤，粗如筷子，但比筷子要长，约摸一尺二寸，两头白色，是那种煮熟的鸡蛋清夹着淡黑色慢慢浓到中间去的。一端粗些，色淡显微黄，是与皮肉相生的接头。另一端细而尖，异常锋利，摸一摸，仿佛触上了麦芒。

豪猪于我而言，并不生疏，但都来自书本或他人讲述，没有亲眼见过。我问老熊："秦岭里豪猪多不？"他回答："不算多，保护区里没人敢整，区外有人捕杀。这家伙白天在洞里睡觉，晚上出来活动填饱肚子，但我们有秘密武器可以拍到它。"

听了老熊的话，我的好奇心一下子被勾了起来。走了不远，老熊指着路中间一棵小橡子树，有些神秘地说："武器在这儿呢。"

顺着他的手势，看到距地面一米多高的树干上绑着个正方形的"铁疙瘩"，我顿时明白过来，这不就是老熊说过多次的红外相机嘛。有了这个宝贝，可对野外进行多方面监测，大大节省了体力，提高了监测效果。许多非常灵敏的小动物，诸如夜间出来溜达的野物，人们拿相机很难甚至无法拍到，但红外相机是守株待兔的那个"人"，却比那人收获大多了，把消失多年的秦岭豹子都拍到了。

老熊掏出钥匙开了锁，一阵鼓捣后，让我贴近看，果然相机屏幕上闪出了一只豪猪，老熊不断按动，豪猪连同它周遭的树丛、岩石清晰地进入眼球，越来越近，最后只剩下一只豪猪了。

我就睁大眼睛，定定地瞅着，打量着这个从未谋面的朋友。

豪猪身材臃肿，有些畸形，头小身大，没有布封笔下马的优美线条与匀称身躯。就像河马不是马，豪猪也不是猪。与猪不同宗，没有猪毛，长得像老鼠，鼠眉鼠眼的，却不生鼠毛，生活习性倒很相似，时常出没于树丛、洞穴，喜欢啃食树皮，故归入啮齿目。

它的被毛到底有啥特别的？我恍然大悟，让自己激动了好一阵。豪猪从背部到尾部披着圆柱形的刚毛，又粗又直，黑白相间，形似纺锤，恰如斜插着一把扇子，是用簇箭一样的荆棘编织的，又尖又硬，比秦岭里的狼牙刺还锋利，它就是浑身带"箭"的猪嘛，怪不得又叫"箭猪"。

它的防身武器就是那一把把"扇子"。《西游记》里牛魔王的芭蕉扇扇几下，火焰山的大火便挡住了神通广大的孙悟空，让他猴相毕现。箭猪身上的"箭"发出的沙沙声，警告那些不识相的侵犯者，若是对方犯了傻执意进攻，肯定会吃大亏的。它会倒退着冲上去，用那些锐利的"箭矢"，戳向敌方。这一招酷似降龙十八掌，厉害无比。漫长的生命进化，让箭猪披上了这套"箭筒"，运用娴熟，不曾失手。

多年前，余家沟就有箭猪生活，这几年难得见了。大哥曾是一名出色的猎人，养着一只勇猛强悍的狗——大黄。大黄抓兔子、麂子从不放空，敢和百多斤重的野猪打斗，但它最怕箭猪。大哥说，那只箭猪才十多斤重，很老了，身上毛色泛黄，跑不动了，可大黄每次搏斗总是受挫，不是被箭射伤，就是被扎得满嘴淌血，最后只要瞄见老箭猪，掉头就跑。

箭猪是群居动物，三五只生活在一个洞里，浑身的硬刺都没有扎着对方，看来它们是很好地保持了彼此之间的距离。这与非洲野牛不同，它们往往成几十、几百、上千头的大群，拥挤在一起，彼此取暖，互帮互助，共同应对天敌——凶狠残忍的狮子。野牛皮毛光滑，个头高大，它们的防身武器是锋利的犄角和有力的蹄子。而箭猪就是那身似箭矢的刚毛，要防身，还要防伤同类，它们的心思就多了，行动就很谨慎。它们活着，千百万年地活到了今天，自然形成了一套对它们而言放之四海皆准的法则。这套规则是不是也适用于我们人类？

哲学家叔本华在《附录和补遗》中有过精彩言说，是一段被哲学家视作"没有结论"的著名结论。

> 一群豪猪在寒冷的冬夜中相互接近，为的是通过彼此的体温流通以避免冻死。可是很快它们就感到难以适应——彼此的硬刺使它们又必须分开。当取暖的本能又使它们靠近时，很自然，又重复着第二次的痛苦，以至它们在两种苦难之间转来转去，直到它们发现了一种适当的使大家能够最好地维持下去的取暖方式与距离为止。

王元化在《九十年代日记》中说："半夜醒来，有这样的想法：中国知识分子之间往往不能建立一种合理的正常关系。他们不是像刺猬或豪猪（为了避免伤害，你不碰我，我也不碰你），就是像豺狼（一旦碰在一起就眼睛发红,露出了牙齿)。"我以为王元化所说的,不仅仅限于知识分子,也应该指全体中国人——要不鲁迅先生就过时了!蒋蓝先生在其动物随笔《动物论语》中干脆称之为"豪猪法则",还做了深刻精彩的论断。

我是个浅薄之人,像秦岭里的小溪,清清浅浅的,不可能对这等高深理论有啥领悟,只是敬重着箭猪,把在西河捡到的那支箭带回家,放进书柜,时不时地凝视一番,仅此而已。

蚂蚱挡蚁道

我们那里把蝗虫叫蚂蚱,比蚂蚁个头大得多,自然不把蚂蚁放在眼里。可有一只蚂蚱就吃了张狂的亏,差点儿被蚁群要了命。

蚂蚁是我们老家最常见的昆虫,长得不苗条,头颅硕大,身子细小,腹部憨实,可能是得罪了造物主的缘故吧,硬是给它摊派个缺陷。老家人要是说:"这娃长得像只蚂蚁。"那就难找对象了。

正如看人要看长处,对待一只蚂蚁也是这样。蚂蚁的优点多着呢,也勤快,也团结,也勇敢,也坚韧,还是大力士,更是天气预报员。路上、地里、院坝、墙角,我们见得最多的,便是这帮不大起眼的蚂蚁朋友。它们成群结伙,觅食、迁徙、分家、战斗,安安静静地忙碌,不知倦怠,不会偷懒,堪称我们的榜样。谁家大人娃子手脚活泛,干活不耍奸溜滑,村人会夸道:"你看,这家人勤快得像蚂蚁,怪不得发了!"

和我们人类一样,蚂蚁过着群体生活,自觉地进行着社会分工,深知团结协作是族群兴旺的法宝。蚁后管生育,当统领;雄蚁协助蚁后生儿育女;公蚁造房采食,奉养家庭成员;兵蚁则专心磨砺武器,保卫家园。蚂蚁守规则,讲秩序,懂礼仪,每个成员皆尽着自己那份职责,把这个大家庭打理得和和美美。

生存是艰难的，要面对缺食少水，要防范敌人侵略，要促进家族繁盛，勇敢和坚韧便成为它们的必备素养和求生之道。曾亲眼见到一群蚂蚁，从我家屋角到水井边喝水。对于两条长腿的我而言，就是半支烟的工夫；而对于六条小腿的蚂蚁来说，那是一段极为漫长的路，一段生存与死亡相互搏击的路。它们呈一条线走着，攀过一块石头，翻过一根树枝，越过一截土坎，爬过一个浅坑，一只尾随着一只，没有一个掉队的。开始还麻利，渐渐有些力竭，最后靠着生的意志，挪到水井旁，啜吸到甘冽的井水，品尝到甜丝丝的幸福。

　　返回的路上，它们遇到了一个"庞然大物"——一只翠绿的蚂蚱，学名叫蝗虫。它有半拃长，伸着两个长须子，横在路上。这家伙能飞善跳，块头又大，一对长须子锋利似尖刀，素常难有敌手，惯得傲慢脾气。此刻，它悠悠闲闲地卧着，消受着午餐后的快乐时光，哪会把这些弱小的蚂蚁放在眼里？

蚂蚱挡蚁道　　　　　　　　　　　　　（栗庆娜　绘）

一个要回家，一个不让道，这不就僵住了，也把我的目光揪住了。

蚂蚁兄弟作出了出乎我意料的决定，它们要与那霸道无理的家伙干一仗，彻底灭掉它的嚣张气焰。就见一只小蚂蚁试探性地朝它靠近，用膝状触角轻轻挨了一下它的翅膀，就像微风拂动树叶，温柔得很。"巨无霸"身手敏捷，翅膀稍稍翕动了一下，就把蚂蚁震得跌倒下来，脚和肚皮朝了天。就在哨兵试探火力的时候，蚂蚁军团已经想好了策略，布好了口袋阵，从四面八方完成了合围。它们缓慢而坚定地向前推进，伸出细细的触角，向"巨无霸"抓去。蚂蚱哪见过这么多黑压压的战士，且不要命，敢犯险。

"有时候，尊严比生命还要紧！"它这么想着，愤怒瞬间充斥全身，攒起的劲儿仿佛能战胜一头牯牛，打算好好教训一番这帮不知天高地厚的蠢货。念头刚刚唤醒，周身却痒了起来，也沉重起来。原来，蚂蚁的刀剑刺着它坚硬的躯体，好些还正往它身上爬呢。蚂蚱翅膀扇动着，身子狂扭着，大须子乱抡着，拼上了老命，也挡不住蚂蚁军团的猛烈"炮火"。

"虎落平阳被犬欺，这句话真是不假啊，"蚂蚱思量着，"君子报仇，十年也不晚哩！还有个三十六计，叫啥来者……"它顾不得想了，狠劲翻动了几下身子，把一些"敌人"抖落下来，然后张开翅膀，扑棱棱飞走了。

蚂 蚁 搬 家

有过乡村生活的人都晓得，蚂蚁搬家是咋回事。

小时候大人上工干活，收柴禾、打猪草的活儿就落到了我们兄弟姐妹身上。我们家中姊妹六个，我排行老五，年纪小，力气弱。每天傍晚扛一小捆柴，或背一小背笼猪草回来，哥哥们会说："妈，你看，长青才拾掇那么点儿，不够他的饭食钱哩！"母亲总是平平静静地回应说："人小嘛，慢慢来，蚂蚁儿能搬走泰山哩，还不就是日积着月累着的缘故……"

我从母亲嘴里知道了蚂蚁的不凡和气力，戴个大力士的帽儿也不过分的。有天晌午，我圪蹴在院坝上吃饭，一粒米从碗里撒出来，落到地上。一只蚂蚁恰巧路过，觅见了。蚂蚁极小，身子轻，那粒米是它体重的好几十倍。可它不惧，毅然将头伸到米粒下方，慢慢往前推动。起初米粒稳稳地，瓷着地面，在坡上微丝不动弹。小蚂蚁毫不气馁，后退几步，猛冲过去，用长须子扶着，用头顶着。米粒，终于微微晃动了一下，朝前倾了一点点。蚂蚁得到了鼓舞，小小身躯里发出大大的气力，推着米粒翻了个筋斗，自身也随着跌了过去。它调转头，匆匆绕到米粒背后，又使出刚才的招数，将米粒推个翻身。几个回合轮番重复下来，小蚂蚁有些力不从心了。它想歇会儿，喘口气，心却放不下来，四下打量，以防被打劫。小蚂蚁却不承想路过的兄弟回家报了信，涌来一群伙伴，推的推，掀的掀，米粒终被弄回蚂蚁窝里。我未曾想到，自己吃饭时掉落的一粒米，没被狗发觉，却成了小蚂蚁们的一顿饱食美餐。想着蚂蚁们快快乐乐地享受美味，我不由得开心地笑了。

我们那里的蚂蚁个头小，却有一种黑蚂蚁，躯体约有普通蚂蚁的三倍大，那对膝状须子就是一对钳子，能夹人，生疼生疼的。依稀记得好像是我七岁时吧，发生了一件事，那个夏天的午后，我尾随着母亲到梁那边去放牛。邻居家有个小男孩大概四岁，见牛从他家院坝过，嚷嚷着也要跟着去，他家人便叫母亲捎带了去玩。牛儿欢势地吃草，母亲忙着摘猪草，我和那小男孩坐在草地上玩，不经意地看见旁边不远处有窝大黑蚂蚁，在地洞里进进出出，互相嗅闻着打招呼，忙忙碌碌。

我明知道这便是那种夹人的蚂蚁，却故意逗趣对小男孩说："我们逮些蚂蚁玩玩，你先弄一只……"小男孩啥也不懂，上前伸手抓了一只。蚂蚁的身子悬了空，着了急，用长须子夹住了小男孩的右手大拇指，留下两个针尖大的红疙瘩，痛得他大叫一声，连忙狠着劲不停地甩手，想要把黑蚂蚁赶紧甩掉，半天甩不掉，只好又试着用手指弹，才好不容易弹开，黑蚂蚁落到地上，跑了。小男孩疼得一直号啕大哭，母亲闻讯赶来，一边吐口唾液在那小男孩手上肿起的红疙瘩上，一边食指轻轻抚摸、按揉着"伤处"说："好了，好了，不痛的啊，不痛的……"然后，她又回过头来教训我，"你日哄人家碎娃干啥哩，以后再这样，不把你的耳朵拧掉才怪……"母亲不是嘴上说说而已，而是真的拧了我的耳朵，火辣辣的痛。小男孩见状，立马止住了狼嚎般的哭声，如蚊子般轻声抽泣，好一会儿，才停了下来。突然，母亲发现那窝黑蚂蚁在忙着搬家，说了一句："蚂蚁垒窝，大雨成河。要下雨了，赶紧回家。"便牵着牛儿，领着我和小男孩往回走，刚走到小男孩家门口附近，天就下起雨来。

通常蚂蚁的作为是为了自身，可它能预见下雨，无意间做了个名实相称的天气预报员，利了自己，帮了我们。

多年以后，当我和那个玩伴聊起往事时，他笑着说："要不是夹那一下，我还认不得黑蚂蚁哩！妹妹那时淘得很，我拿它夹了一次手，痛得她哭了半天。还吓唬她说，'再不听话，黑蚂蚁就来了。'妹妹吓得便不再淘气，很听话，很温顺……"话未落音，回味无穷，我似乎能感觉得到他甚至有些自得其乐呢。

那时候没有广播电视，无法得知天气变化，父辈们从云彩、蚂蚁、竹鸡身上知悉老天爷那张瞬息万变的脸是晴还是雨。夏秋时节，每当傍晚蚂蚁携家带口从低处向高处搬家时，过不了一两天准会下雨。谁也说不出个道道来，更不知其所以然，只是蚂蚁那样做了，雨就跟着来了。我们就确信了蚂蚁的神奇伟力，随时随地留意着它们的一举一动。它们尽责得很，从未让我们失望过。

蚂蚁领着我走　　　　　　（粟庆娜　绘）

看过蒋子丹《一只蚂蚁领着我走》，牵引出好多感触，便觉得这辈子随着一只蚂蚁走，或许比跟着一个人行，更可靠些。

"哨兵犬"

守护秦岭熊猫的除过一群"特殊村民"——保护站巡护员,还有6只狗,生活在三官庙保护站,忠实履行着"哨兵犬"的职责。"哨兵犬",于我很新鲜,读了陈剑萍女士《三官庙的哨兵犬一家》,才第一次知晓。

这个"哨兵之家"的成员包括:5岁的狗妈妈花儿,它的三个子女小黄、雪碧和旺旺,还有它的妹妹丑丑,以及豆豆。豆豆从大古坪抱来时,刚断奶,很挑嘴,只喝奶粉,见着馍馍闻也不闻。这个"外来户"讨不来狗宝们的关心,都不愿与它玩。花儿却不弹嫌,时时"罩"着它。

小黄、雪碧两姊妹1岁大时,活泼好动,还壮着胆子出了趟远门,跟着主人溜达到9千米外的大古坪。出生不满一岁的旺旺,像个绒绒球,老是缠着哥哥、姐姐玩闹,来回奔跑,搂头抱腿的。

我请保护站何义文先生拍几张照片,何先生很快便发来了。我一看"全家福"里只有五只,少了一只呀,赶紧询问何先生。他回答说丑丑诧生,见谁都怕,连他们给喂饭,它都躲得远远的,等到主人走开了,它才来吃。刚才他要照相,其他狗狗很配合,只有它悄悄地溜了。我便

"哨兵犬一家"（左起）：花儿、豆豆、雪碧、旺旺、小黄　（何义文　摄）

央求他逮着机会来一张。过了一阵，他发来了，说是用的长镜头。照片上，丑丑蹲在墙根下，怯怯的，有点紧张，仿佛随时做好"逃"的准备。它并不丑呀，从头到尾一身黑，黑缎子样闪着光。唯有脖子下至腹部为白色，两前腿从爪子往上白了一多半，两后爪子一小半缀着白，不是纯白色，绣着浅浅的黑斑。

想到老家人会把男娃名字取得"丑"些俗点，说是这样好养，"狗娃""猪娃""牛娃""兔娃"的，小名多得很。最有趣是唤作"母狗"的，那个小伙子比我小不了几岁，也快五十了，我们见了他，张口闭口"母狗"长"母狗"短的，他只管"嗯嗯"应着，从没介意过。黑狗丑丑，恐怕也是随了三官庙的民俗，故意被人这么叫的吧。

老家还有几个词——"羞脸子""门槛猴""不出撑""门背后的弯刀"，意思是指人害羞、胆怯、害怕见人。我小时候就是个"羞脸子"，

"哨兵犬"丑丑　　　　　　　　　　　　（何义文　摄）

见人怕羞，不敢到人多处去。父亲常说："这长青（我的乳名）咋是个'门槛猴'？这都长老了，也改不掉，不喜欢与生人打交道。"想来丑丑与我一个样，都是"不出撑"，只是它做得过了头，真做了"门背后的弯刀"，出不了世面。这是天性，怪不得它的。瞬间，一股酸酸的味儿涌进鼻腔，是该同情丑丑，还是自己？

去年4月初的一天上午，保护站职工唐流斌、何义栋、何义文给它们采了血，很快出了结果。而这个采血检测，以后每年春秋都要做。原来它们并非普通的看家犬，还担负有特殊使命，就是做"哨兵"，被称为"哨兵犬"。它们是为谁站岗放哨的呢？

陈剑萍女士的文章中说，为更好地保护动物，人们利用哨兵动物监测或查明特定区域内某一传染病原的存在状况，有意识地将它们暴露在这种环境中。哨兵动物亦称岗哨动物，本身不携带需要监测的传染病原，体内没有病原抗体，但对监测病原易感性高，其发病率和死亡率均高于需要保护的动物。要找到野生动物很难，麻醉捕捉也会对它们带来极大惊扰。哨兵动物就省事多了，疫病监测成本低，使用方便，可操作性与病原体富集能力强，已被世界动物卫生组织和发达国家普遍采用。因为家养的狗狗容易采样监测，它们更适合作岗哨动物。

犬瘟热是由家养动物传染给野生动物的传染病，威胁着熊猫的健康。陈剑萍女士动情地写道："三官庙哨兵犬，没有感染过，也没有接种过疫苗。它们成为大熊猫生态前沿'保险丝'和'扁桃体'，有可能在大熊猫疾病风险降临前'被熔断'或'发炎'。"

看来，这6个特殊"哨兵"挑的担子真不轻啊。

附录
白忠德生态散文入选教辅阅读篇目

白忠德秦岭动物生态美文以"秦岭四宝"大熊猫、金丝猴、羚牛、朱鹮等多种秦岭珍稀动物为叙写对象，用文学化的表达方式，描摹它们的生活习性、生存智慧、性格命运、保护发展，反映秦岭生态文明，以平等之心、真诚之意，与大自然中的生命个体交流对话，既普及生物科学知识，又贯彻生态文明的思想理念，至情至理推介秦岭生态自然环境和人文景况。

编者按　散文《夜寻竹溜》入选新课标人教版辅导刊物《新语文活页》七年级（2011—2012学年下学期）第5期，该刊物由河北省作家协会《散文百家》杂志社编辑出版，面向全国七年级（初一）学生发行。该文发表于2012年1月11日《南京日报》副刊，《新语文活页》编辑选用时根据刊物定位、风格等将标题改为《夜寻竹溜》，并对原文部分段落、文字作了技术处理以适应初一学生阅读。

放生竹溜

白忠德

夕阳的余晖洒在微微翻动的枝叶上，泛着金黄色的光辉。河溪、枝叶上的水蒸气慢慢上升飘散，湿透了山林，冷却后凝成白云，飘浮在山顶。晚霞烧红了西边的天空，牛、羊、骆驼们在霞光里慢慢腾跃，静穆幻化成眼中一个个真实图景。

秦岭西河保护站旁边是一片竹林，茂密翠绿，好几处竹叶泛黄，没了生机。向导老何拿了个塑料桶准备做饭，提水回来，兴奋地说："今晚有好东西了，保准你们都没吃过……"

我们问是什么，他笑而不答，迅速从屋里拿出一个小镢头，直奔竹林，我们好奇地跟过去。竹林里有许多土堆，有的泥土很新鲜。他这儿瞧瞧，那儿望望，捏起土来，细细地瞅，又趴下耳朵贴着地面听，最后瞅准一个新土堆用镢头挖起来。我们困惑地看着，不知他葫芦里卖的啥药。

大约半小时，我们听到地下传来一阵痰喘病人的呼噜声。老何挖得更起劲了。又过了半小时，他突然大叫："抓住了！抓住了！"我们围拢来，他倒提着一只黑褐色、体态像猫、蹄爪酷似小儿手脚的家伙。那家伙不停地挣扎着，嘶叫着，颤抖着。他迅速把它塞进塑料桶，盖上盖子，又从地洞里拎出一只、两只……五只。他提着桶大踏步回来。我们一再追问，他才神秘地说是竹溜。

竹溜是穴居动物，专吃竹根，肉肥嫩、细腻、鲜美，好吃得很，有"天上斑鸠，地下竹溜"之说。毛呈灰色，上下四颗牙锋利如刀刃。它在地下打洞迅速，前边两只爪子挖土，一双后腿向外推泥。身体的伸缩性很大，拳头大的洞穴，竟可捉到四斤多重的竹溜，最大的七八斤，小的半斤左右。

老何说，竹溜生活在地下，只能靠掏挖活捉。端阳前夕，村民结伙扛锄，到竹林寻找竹溜。挖竹溜是对智慧与毅力的考验，要经过观山、认场、打藏环节。竹溜咬食竹根，使竹叶泛黄，人们便通过竹叶颜色辨认。

认场是辨认竹溜活动场所，依据从地下推出的泥土新旧及土堆大小判断，土新堆大，便有竹溜藏身。方圆五六十步内没有出入洞口，就在土堆附近掏土寻踪。竹溜穴藏最浅不低于一尺，最深也不过三五尺。一旦发现洞口，则长不盈丈必有，一洞数只，走路缓慢，伸手可捉。

竹溜吃法很多，老何不厌其烦地道来，听得我们直咽口水。我们当中一个嚷嚷起来："杀了它，尝个鲜也不枉此行！"

"对！杀了它——"一个同伙操起菜刀，欲表现一番，他说在家里杀过鸡，把脖子一抹就行了。老何一言不发，只是望着我，目光有些复杂。

"放了它吧！"我说。

"为啥？不吃多可惜的……"操刀的同伙，眼里多了失望。

"禽流感都流行疯了，你们就不怕得，得什么怪病？"我急了，语气都变了调，"禽流感可怕得很，染上了只有见阎王，谁惹它谁倒霉，还不赶紧放了！"我纯属信口开河，只想吓唬吓唬那些馋嘴的家伙。

"好嘞——"老何抓起袋子消失在夜幕中。后来他告诉我："我还是把它放进了竹林，那是五条命呀，我们不能吃。可话又说回来，它也糟蹋竹子，竹子死了熊猫吃啥？"说这番话的时候，老何的表情同样复杂。

敬畏太白山

(2016年陕西中考模拟试卷选用)

白忠德

①我摘了太白山的一朵云,把它带回家,夹进书里,作了书签。我一页页地读书,就是在一次次地走近太白山。

②我是在秦岭的怀抱里长大的,却在很长一段时期不知道秦岭,却早早地知道了太白山。爷爷那时常给我们讲太白山,说是打猎的人、挖药的人进山前要焚香敬太白神、药王爷,祈求神灵保佑,要把岩石称"胡基",把风称"雾雾"。如若不敬奉,或心怀不诚,或存有贪婪邪念,不说特有术语,立时狂风大作,浓雾弥漫,滚木礌石,轻者迷路寸步难行,重则有去无回丢了性命。爷爷是把太白山挂在嘴上,经常唠叨。年幼的我出于好奇,出于胆怯,出于知识的贫瘠,一下子记住了太白山。

③后来上初中学习中国地理,才知道秦岭,知道太白山是秦岭主峰,遂对秦岭 刮目相看 。朦胧神秘的太白山也在我的大脑里鲜活生动起来。

④太白山是一座文化的山,一座宗教的山,一座灵性的山,一座朝圣的山。李白、杜甫、白居易、韩愈、柳宗元,在此留下千古名句。大儒张载仰望攀登太白山,顿悟思考,开创一代关学。大熊猫、金丝猴等

众多世界知名的动物齐聚于此,太白草药更是广为传扬,生命的大气息、大气象让人惊异。如果说秦岭是中华民族的父亲山,太白山便是父亲山中最为优秀、最为博大、最为深邃的儿子,吸纳孕育着秦岭的精华和龙脉。秦岭的大美、秦岭的神韵、秦岭的旷远,吸引着国内外的游客、科考者、探险者,前来探访朝圣、荡涤心灵,完成一次精神的飞升与净化。

⑤多少次的仰慕,多少次的心仪,多少次的膜拜,终于成就了这次太白山之旅。怀着虔敬,怀着卑微,走进太白山,把我的心、我的眼、我的耳融进太白山。听鸟儿啁啾、白云滑过蓝天的声音,看斑斓五彩的秋叶、山顶的积雪、翱翔的苍鹰、悠闲的松鼠,想象着姜子牙封神、苏轼祈雨、孙思邈寻药,感知太白山的厚重宽广与神性犷美。

⑥登临祈雨台,我开始感到胸闷气短腿软,有朋友劝我别上了,休息一会儿返回。我却执拗地要抵达目的地——天圆地方。刚刚十月底,山下的汤峪并不冷,穿个衬衫就可以,上板寺却开始飘起雪花。我这么坚持,是想感受太白山的南北风貌,又想体验雪中登山的浪漫。

⑦这儿离天圆地方的直线距离也就几百米。我走一程歇一阵,大口大口地吸气,让急剧跳动的心平缓下来。终于爬到"天圆地方",哪知我们的脚步跑不过浓雾,山山岭岭已被它遮个严严实实,啥也看不见了。周围是悬崖,吓得我不敢动弹。匆忙拍照留念,开始返程。

⑧回到下板寺停车处,刚才登山的反应没有了,却出现了头疼。休息了半小时,人到齐了,遂登车返回。行了不足半小时,胃里开始翻江倒海,导游把我从最后一排调到第一排他的座位上,又给我的肚脐眼贴了防晕贴,我还是吐了,吐在塑料袋里,又下车去吐。感觉好一些了,才昏昏沉沉地睡去。快到汤峪时又开始呕吐,导游说还有十几分钟到达。这十几分钟是我人生中最为漫长的十几分钟,我在心里默念着:车快一点,再快一点!煎熬着回到宾馆,冲进卫生间,又开始呕吐,却只有红

殷殷的东西，也许是震坏了喉咙里的毛细血管。

⑨衣服裤子都没脱，就那么瘫在床上，随手拉个被子盖上，把头捂得严严的。像一条死蛇，一动也不动地躺着，头痛得像要爆炸似的。大脑却异常活跃起来，突然意识到自己的要强与执拗没有了意义，在大山面前的贪婪和攫取，是要犯致命错误的；也突然理解了爷爷言及太白山时的神圣与肃穆。那些挖药人、打猎人、探险者一拨拨迷路，甚至丢掉性命。原来他们与我一样，缺乏对这座山的敬畏和尊重，只想着从这里索取占有，乃至征服。

⑩人类是虚妄的，人类也是渺小的。太白山以一种无情甚至有些极端的方式惩罚教育着我们，让我们懂得对一座山的谦卑，懂得对一座山的敬畏。

⑪我摘了太白山的一朵云，把它带回家，夹进书里，作了书签。我一页页地读书，就是在一遍遍地朝圣太白山，敬畏太白山！

【阅读练习】

12. 阅读第②段，为什么"我早早地知道了太白山"？（2分）

13. 作者说"把我的心、我的眼、我的耳融进太白山"，具体分别表现在哪里？（4分）

14. 阅读第⑧段，"我"为自己的"执拗"付出了怎样的代价？（4分）

15. 揣摩下列语句，回答括号中的问题。（4分）

　　（1）终于爬到"天圆地方"，哪知我们的脚步跑不过浓雾，山山岭岭已被它遮个严严实实，啥也看不见了。（"跑不过"妙在何处？）

　　（2）像一条死蛇，一动也不动地躺着，头痛得像要爆炸似的。大脑却异常活跃起来，突然意识到自己的要强与执拗没有了意义。("头痛得像要爆炸",但"大脑却异常活跃",两者矛盾吗?为什么?)

16. 下边两题任选其一完成:

A."我摘了太白山的一朵云,把它带回家,夹进书里,作了书签。"一句在文中有什么作用?(4分)

B.结合全文,谈谈你对题目"敬畏太白山"的理解。(4分)

【参考答案】

12. 爷爷是经常念叨,而我则是出于好奇。

13. 听鸟儿啁啾、白云滑过蓝天的声音,看斑斓五彩的秋叶、山顶的积雪、翱翔的苍鹰、悠闲的松鼠,想象着姜子牙封神、苏轼祈雨、孙思邈寻药,感知太白山的厚重宽广与神性犷美。

14. 发生高原反应,多次呕吐,头痛欲裂。

15.(1)拟人手法,形象生动。

(2)两者不矛盾,前者指头痛,后者指思维活动。

16. A.开门见山,首尾呼应,结构匀称。

B.题目就是本文主题,敬畏太白山,就是敬畏自然和生命,呼唤人与自然和谐共生。

编者按（一） 《语文（七年级·上册）》课件第1单元部编配套版，将《山间春色》设计成阅读题。

山间春色

白忠德

山里的春天很是热闹，山花姹紫嫣红，草木生机勃发。

山茱萸在我老家很常见，也是最早报春的。房前屋后的山茱萸花，朴素雅静，牢牢锁住人们的目光。它绽放早，花期长，红玛瑙似的果子也好看，还可以摘下来晾干卖钱。

山茱萸俗名枣皮，花是淡淡的黄色，没有樱桃花那么浓烈，也没有那股药香，但它是味药。千百年来，茱萸花静静地绽放，寂寞地凋零。人们享受着鲜丽的果实，却忽略了淡雅的花。陕西佛坪的山茱萸，吸引来好多游客驻足观赏。

山桃花跟着来了。在悬崖，在坡边，在地头，一枝两枝地开，三朵四朵地放。它懂得谦虚，知道自己的果实又小又涩，没法与山茱萸比，就使劲在早春欢笑，引来游人目光。

野樱桃花也不愿落伍，它比山桃树个头高，白白的花儿招摇在山林。人们远远就能看见那一蓬蓬的花房，想着小拇指头大的果儿，黄亮亮的。蜜蜂比人的嗅觉好，远远地闻到花香，飞出蜂房，穿着单衫子，顾不得微寒的风，享受劳作的欢快。

　　杏花穿着粉白的衣裳，梨花戴着洁白的帽子，棠棣打着黄色的领带，呼朋引伴地来了，排着长长的队来了，带着斑斓艳丽的色彩，踏着春风来了。

　　是画眉的一声呼喊，让大山雀首先响应，众鸟纷纷参与进来，奏起交错起伏的乐章。布谷鸟早早飞来，催着人们种庄稼。啄木鸟知道这个季节虫子已冒头，在桦树上瞅瞅，在柳树上盯盯，顺便尝尝美味。两只黄豆雀飞来飞去，找地方做窝，辛苦着，快乐着，惹得春姑娘都为它们鼓掌。

　　劳作的人们在地头忙活。他们生于此长于此，土地是他们最亲密的朋友。他们开始翻地栽洋芋，敲碎土疙瘩，准备种苞谷、点花生、插苕秧。他们如蜜蜂般劳碌，为春日的山沟添了好多生气。

　　此时有一人，挖着黄花苗，摘着阳雀花，躺在青草丛中数云朵。天是前几天洗过的，干净得很，像是一匹蓝缎子，被山山峁峁扯着角。

　　这个人便是我。此刻，我正陶醉于这怡人的春色里。

（原载《人民日报》2020年4月18日8版）

【阅读练习】

　　16.选文从哪几个方面来写山间春色的热闹、怡人？它们有怎样的特征？

　　17.下面的句子运用了什么修辞手法？有什么作用？

　　（1）杏花穿着粉白的衣裳，梨花戴着洁白的帽子，棠棣打着黄色的领带，呼朋引伴地来了，排着长长的队来了，带着斑斓艳丽的色彩，踏着春风来了。

　　（2）天是前几天洗过的，干净得很，像是一匹蓝缎子，被山山峁峁扯着角。

　　18.从感官上指出下列句子中景物描写的方法。

　　（1）野樱桃花也不愿落伍，它比山桃树个头高，白白的花儿招摇在山林。

（2）蜜蜂比人的嗅觉好，远远地闻到花香，飞出蜂房，穿着单衫子，顾不得微寒的风，享受劳作的欢快。

（3）是画眉的一声呼喊，让大山雀首先响应，众鸟纷纷参与进来，奏起交错起伏的乐章。

19. 想象下列句子描写的情景，说说加点词语的表达效果。

（1）啄木鸟知道这个季节虫子已冒头，在桦树上瞅瞅，在柳树上盯盯，顺便尝尝美味。

（2）他们如蜜蜂般劳碌，为春日的山沟添了好多生气。

20. 选文在写法上与朱自清的《春》有许多相似之处，所表达的主题是怎样的？

【参考答案】

16. 从山花、山鸟、劳作的人们等方面来写山间春色的热闹、怡人。山花姹紫嫣红，争妍斗艳；山鸟奏乐赞春；劳作的人们忙碌，给春天带来生气。

17. （1）运用了排比、拟人的修辞手法，生动形象地写出山花五颜六色的色彩及纷至沓来的气势。

（2）运用了比喻、拟人的修辞手法，生动形象地写出了天蓝的特点及山山岇岇多情的个性。

18. （1）运用视觉和拟人手法。

（2）运用嗅觉和拟人手法。

（3）运用听觉和拟人手法。

19. （1）叠音词"瞅瞅""盯盯"活灵活现地写出了啄木鸟寻找虫子时的动作，表现啄木鸟的观察十分细致。

（2）"生气"是指活力、生命力、生机。这个词语突出农民劳作给山沟带来的活力，给春天带来的生机。

20. 本文描写山间春色，写出山里春天的热闹、怡人的特点，表现春天的活力，赞美农民的勤劳。

附录 白忠德生态散文入选教辅阅读篇目

编者按（二）　《语文（七年级·上册）》新人教版，将《山间春色》设计成阅读题。

山 间 春 色

白忠德

①山里的春天很是热闹，山花姹紫嫣红，草木生机勃发。

②山茱萸在我老家很常见，也是最早报春的。房前屋后的山茱萸花，朴素雅静，牢牢锁住人们的目光。它绽放早，花期长，红玛瑙似的果子也好看，还可以摘下来晾干卖钱。

③山茱萸俗名枣皮，花是淡淡的黄色，没有樱桃花那么浓烈，也没有那股药香，但它是味药。千百年来，茱萸花静静地绽放，寂寞地凋零。人们享受着鲜丽的果实，却忽略了淡雅的花。陕西佛坪的山茱萸，吸引来好多游客驻足观赏。

④山桃花跟着来了。在悬崖，在坡边，在地头，一枝两枝地开，三朵四朵地放。它懂得谦虚，知道自己的果实又小又涩，没法与山茱萸比，就使劲在早春欢笑，引来游人目光。

⑤野樱桃花也不愿落伍，它比山桃树个头高，白白的花儿招摇在山

林。人们远远就能看见那一蓬蓬的花房,想着小拇指头大的果儿,黄亮亮的。蜜蜂比人的嗅觉好,远远地闻到花香,飞出蜂房,穿着单衫子,顾不得微寒的风,享受劳作的欢快。

⑥杏花穿着粉白的衣裳,梨花戴着洁白的帽子,棠棣打着黄色的领带,呼朋引伴地来了,排着长长的队来了,带着斑斓艳丽的色彩,踏着春风来了。

⑦是画眉的一声呼喊,让大山雀首先响应,众鸟纷纷参与进来,奏起交错起伏的乐章。布谷鸟早早飞来,催着人们种庄稼。啄木鸟知道这个季节虫子已冒头,在桦树上瞅瞅,在柳树上盯盯,顺便尝尝美味。两只黄豆雀飞来飞去,找地方做窝,辛苦着,快乐着,惹得春姑娘都为它们鼓掌。

⑧劳作的人们在地头忙活。他们生于此长于此,土地是他们最亲密的朋友。他们开始翻地栽洋芋,敲碎土疙瘩,准备种苞谷、点花生、插苕秧。他们如蜜蜂般劳碌,为春日的山沟添了好多生气。

⑨此时有一人,挖着黄花苗,摘着阳雀花,躺在青草丛中数云朵。天是前几天洗过的,干净得很,像是一匹蓝缎子,被山山岇岇扯着角。

⑩这个人便是我。此刻,我正陶醉于这怡人的春色里。

(选自2020年4月18日《人民日报》)

【阅读练习】

14. 作者为什么最先写山茱萸?(3分)

15. 第⑤自然段写蜜蜂有什么作用?(3分)

16. 画线句子运用了什么修辞手法?有什么作用?(3分)

杏花穿着粉白的衣裳,梨花戴着洁白的帽子,棠棣打着黄色的领带,呼朋引伴地来了,排着长长的队来了,带着斑斓艳丽的色彩,踏着春风来了。

17. 请根据提示完成本文的写作思路。(4分)

18. 这篇文章表达了作者怎样的感情？(3分)

【参考答案】

14. 山茱萸在作者老家很常见，也是最早报春的，它绽放早，花期长，果子好看，还是味药。

15. 一是侧面表现了野樱桃花的香，二是表现了蜜蜂的勤劳，表达了对蜜蜂的赞美之情。

16. 运用了排比、拟人的修辞手法，赋予杏花、梨花、棠棣花以人的情态，生动形象地写出了这些花儿色彩的斑斓艳丽和勃勃生机，表达了作者对这些花儿的喜爱和赞美之情。运用排比，增强了语言气势。

17. 本文的写作思路是：山花姹紫嫣红——鸟儿欢乐鸣叫（奏起乐章）——人们辛勤劳作——作者陶醉春色

18. 作者通过描写早春山间的美丽风光、热闹景象和人们的劳作场景，表现了作者陶醉于怡人的山间春色中的欢欣，表达了作者对山间早春的喜爱和赞美之情。

感谢佛坪，感恩秦岭

（代后记）

我越来越觉出故乡佛坪之于我的要紧了。

二十八年前的9月，我从佛坪坐班车到西安上大学，走的是G108国道，要从周至马召镇那里出秦岭，进入关中平原。车从山里晃晃悠悠出来，到了马召后边山坡，开始一个弯一个弯地向下旋，有些像鹰在空中转圈圈。

时候是初秋，秋老虎耍着威风。车里比车外还热，热浪一阵阵涌进来，灼人得很，乘客们都是一身汗。恰巧一阵风刮来，车里有了清凉。山上的树呀草的，兴奋得摇头晃脑。脑海里突然闪过汉高祖的诗："大风起兮云飞扬，威加海内兮归故乡……"如同夏日天边炸响的雷，一声声滚过耳边。

刘邦是英雄返乡，我是小人物离乡，情景各异，咋能共鸣了他老人家？这些年，我一直想不通。

班车没有在秦岭梁顶逗留，我也不会下车撒一泡尿，与故乡作个别。

那时的佛坪，是我父母亲友生活的地方，是我待过二十三年的地方，是留下我的足迹、我的稚嫩、我的青春、我的奋进的地方。

佛坪成了我的地理故乡。

大学毕业后，我留校从事宣传工作，后又娶妻生子，算是把家安在了西安。身在古城，却时时思念家乡，总觉得自己被一根无形的线牵着，便经常想着回去。后来我才晓得，那根线就是我对家乡的依恋，好比幼年时自己对母亲的依赖。

佛坪当了我的情感故乡。

大学时开始写作，更多的是弄了些新闻作品，大都是我寒暑假回佛坪采访所得。那时白天采访，晚上写稿，第二天再到单位盖章，然后邮寄到报社。吃住都在同学家里，真是给添了不少麻烦。到毕业时，拢共发表了40多篇，好些是与佛坪有关的新闻稿。因了这些作品而留校，佛坪的亲友、同学是给出了大力的。

算上手头这本，我已出了十本散文集，除过《回望农民》，余下的都是以秦岭、以佛坪为中心。从《摘朵迎春花送你》到《斯世佛坪》，从《我的秦岭邻居》到《大熊猫：我的秦岭邻居》，从《风过余家沟》到《最后的熊猫村庄》，我为老家佛坪写了不少作品，反映秦岭的大美与神韵，表达对生命的尊重，呼唤人与自然和解和谐。文章颇显青涩，犹如没有成熟的果子，却承蒙了文友们的抬爱，产生了一些反响，获了大大小小的奖，走向了海外，还浪得"熊猫教授"的浮名。

这是要感谢佛坪了，这么说绝非客套矫情。其依据是：一则佛坪在秦岭深处，回家乡就是进秦岭。而秦岭的名头近些年来很响亮，写它的文字易引发关注；二则那里亲友多，为我的采访、创作提供了诸多便利；三是那儿摄影家多，且豪爽大方，对我敞开他们的"宝贵资源"。最为称道的是，每每回到老家，我的思绪一下子活了，情感一下子活了，文字一下子活了。

佛坪作了我的文学故乡、文学根据地。

我也将永远以佛坪而自豪了，而感激了。

我曾在一篇文章里说，自己是普通人，普通人的优点是能记着人的好。由此，我要列出一个长长的名单：魏辅文、雍严格、赵纳勋、马亦生、方敏、吴康、熊柏泉、赵建强、王维果、曹庆、向定乾、赵鹏鹏、刘晓斌、邰宗武、蔡琼、李杰、吴燕峰、蒲春举、蒲志勇、段文斌、何义文、何鑫、田建国、齐杨、王明、罗红、屈晟、刘明、魏永贤、邹玉琪、郭友军、刘思阳、郭建英，他们的精美图片为这本小书添了光彩；西安出版社社长屈炳耀、副总编辑李宗保、责任编辑李亚利，以及美编曾珂、排版杨永刚，让我的"孩子"得以顺利降生；学生栗庆娜的绘图、邓文露、黄瑞的校对，也在打扮着我的"孩子"；特别是好兄弟、花之吻美容集团总裁杨劲辉，对我的多方相助，不是几声感谢、几分感念的话所能承载的。你们的支持鼓励，是我读书写作的最大动力。

感谢佛坪，感谢秦岭，感谢秦岭的动物朋友，感谢所有提名与未提名字的亲友、师长。

把这一切刻在心里好了，继续前行吧。